Über die Autorin

Elisabeth Hope ist nicht nur Autorin, um Wissen zu vermitteln - Sie ist mit ganzem Herzen dabei. Die 45-Jährige Sozialpsychologin hat nach ihrem Studium schnell gemerkt, worauf sie sich konzentrieren muss, um ihre innere Mitte zu finden und einen entstressten Lebensstil zu führen. Mittlerweile gehört Meditation zu ihrem täglichen Leben, fest integriert in den stressigen Alltag und das hektische Leben. Die Gelassenheit, die für sie alltäglich ist, basiert auf vielen Büchern, Erfahrungen und einem offenen Geist für Neues. Gerade dieser ist wichtig, um ständig weiter zu lernen und sich immer Neuem zu widmen und sich nach und nach zu öffnen und kennen zu lernen.

Elisabeth Hope erklärt auf eine sehr persönliche Weise ihren Bezug zur Spiritualität, den Glauben an das, was nicht sofort ersichtlich ist und mit Liebe durch die Welt zu gehen. Noch heute ist sie dabei, alles an neuem Input aufzunehmen und stetig an das Gute im Menschen zu appellieren!

Vorwort

„Wenn wir die Bedürfnisse und Gefühle des anderen hören, dann erkennen wir die Menschlichkeit, die wir gemeinsam haben."

Marshall Rosenberg

Wer kennt das nicht? Gerade war alles noch in Ordnung und plötzlich herrscht zu Hause dicke Luft. Die Kinder wollen etwas, was die Eltern nicht wollen und sind auf Krawall gebürstet. Oder die Eltern wollen etwas, was die Kinder nicht wollen, und stoßen auf taube Ohren. Konflikte, Streit und Gemotze gehören zum Leben jeder Familie dazu. Das ist für beide Seiten frustrierend, doch Konflikte haben auch etwas Gutes.

Durch Konflikte können Menschen lernen, ihre Empathiefähigkeit zu stärken und in Verbindung zu gehen. Denn im Grunde ihres Herzens sehnen sich alle Menschen nach Harmonie und Übereinkunft. Alle Menschen wünschen sich, gesehen und gehört zu werden und am Leben anderer teilhaben zu können. Es fehlt ihnen nur manchmal an den passenden Strategien, um für ihre Bedürfnisse und Interessen einzutreten, ohne andere dabei mit Worten und Taten zu verletzen.

Die gewaltfreie Kommunikation nach Marshall B. Rosenberg setzt genau an dieser Stelle an. Der Psychologe entwickelte in den 1970er Jahren die gewaltfreie Kommunikation, weil er sich mehr Empathie in Beziehungen gewünscht hatte. Inspiriert durch die Bürgerrechtsbewegung Martin Luther Kings und der gewaltfreien Geisteshaltung Ghandis plädierte er dafür, dass Frieden und Versöhnung bei uns selbst beginnen. Er entwarf Trainingskonzepte, die die eigenen kognitiven und emotionalen Fähigkeiten schulten. Das Hauptaugenmerk lag damals wie heute auf der gegenseitigen Verbindung und Bedürfnisorientierung. Gewaltfreie Kommunikation lehrt, wertschätzende Verbindungen zu anderen Menschen einzugehen und die Bedürfnisse aller im Blick zu haben. Gemeinsam wird nach Lösungen und Kompromissen gesucht. Auch wenn das, was dabei herauskommt, nicht für jeden ideal ist, so geht zumindest niemand als Gewinner oder Verlierer aus der Situation.

Dieses Buch wird Ihnen das Konzept der gewaltfreien Kommunikation Schritt für Schritt näherbringen. Auch wenn Ihnen zu Beginn einiges fremd vorkommen könnte, möchte ich Sie ermutigen, die Einsichten, Beispiele und Übungen mit offenem Herzen auf sich wirken zu lassen. Fühlen Sie sich dazu eingeladen, die gewaltfreie Kommunikation für sich selbst zu entdecken und in Ihrem Alltag auszuprobieren.

Einleitung

Spannungsfeld Familie - Wenn Erziehung zum Drahtseilakt wird

Alle Eltern wünschen sich, dass ihre Kinder zu glücklichen und selbstbewussten Persönlichkeiten heranwachsen. Das familiäre Umfeld ist für Kinder ein wichtiger und geschützter Raum für ihre persönliche Entfaltung. Hier laden sie ihre Energiereserven auf und lernen von klein auf am Beispiel ihrer Eltern, mit herausfordernden Situationen und Emotionen umzugehen. Bewusst und unbewusst geben wir als Mutter oder Vater im Alltag mit unseren Kindern diejenigen Werte und Lebenseinstellungen weiter, die uns selbst wichtig sind.

Im Mittelpunkt der Auseinandersetzung von Kindern mit ihrer Umwelt steht die Kommunikation. Schon kleine Kinder lernen, mit ihren Bezugspersonen zu kommunizieren und ihre Bedürfnisse zu äußern. Als Mütter und Väter stehen wir hierbei in der Verantwortung, unsere Kinder als einzigartige Individuen zu betrachten. Die Rücksichtnahme auf die unterschiedlichen Schwächen und Stärken eines einzelnen Kindes erfordert eine hohe Bereitschaft, achtsam und präsent zu sein. So wie Kinder verschieden sind, sind nämlich auch die jeweiligen Bedürfnisse in bestimmten Situationen von Kind zu Kind unterschiedlich. Wir haben die Aufgabe, den jeweiligen Bedürfnissen mit Einfühlungsvermögen und Wertschätzung zu begegnen. Nicht selten empfinden wir angesichts der Herausforderung, den Bedürfnissen aller Familienmitglieder gerecht zu werden, eine konstante unterschwellige Anspannung. Wie können wir die Harmonie in der Familie aufrechterhalten? Wie können wir innerhalb der Familie kooperieren und gleichzeitig die Individuation aller Mitglieder bewahren? Diese Aufgabe könnte zugegebenermaßen in manchen Situationen schier unmöglich erscheinen. Verlieren wir als Elternteil den Kontakt zu unserem Kind oder zu uns selbst, bahnen sich Konflikte an. Die Erziehung wird zum Drahtseilakt.

Das, was Kinder im Alltag mit ihrer Familie erlernen, tragen sie in den Kindergarten und in die Schule weiter. Erzieher/innen, Lehrer/innen und andere pädagogische Fachkräfte stehen vor der Aufgabe, die Bedürfnisse einer ganzen Gruppe von Kindern zu berücksichtigen. Ziel ist es, eine wertschätzende und entspannte Atmosphäre zum Lernen und Entwickeln zu erschaffen. Auch hier ist die zwischenmenschliche Kommunikation unerlässlich. Wie gelingt es uns als Fachkraft, mit Kindern zu kommunizieren, sodass sie uns wirklich zuhören? Wie können wir durch eine gezielte Kommunikation ein von Respekt und Verständnis geprägtes Miteinander unter den Kindern etablieren?

Genau hier greift das Konzept der gewaltfreien Kommunikation. Ihre Philosophie führt uns zurück zu unserer instinktiven Menschlichkeit. Als Menschen haben wir eine einfühlsame Natur und möchten von Herzen geben und nehmen. Auch in der Wahl unserer Worte können wir unser einfühlsames Wesen zum Ausdruck bringen. Mit diesem Bewusstsein, einem klaren Wissen und einer liebevollen Haltung unserem Kind und auch uns selbst gegenüber stärken wir innerhalb der Kommunikation den Kontakt zu unserem Kind. Je stärker wir uns unserem Kind verbunden fühlen, desto mehr geben wir ihm das Gefühl, in seinem Wesen und seinen Belangen ernst genommen und gewürdigt zu werden. Schwierige Situationen werden als das angesehen, was sie sind - schwierige Situationen, für die es Lösungen gibt.

Schreien, schlagen & Eskalation – Was ist hier schiefgelaufen?

Beispiele

Das Auto vor der Tür läuft schon, die Geschwister sitzen angeschnallt auf ihren Sitzen. Sie stehen im Hausflur und werfen einen gestressten Blick auf die Uhr. Die Zeit rennt. Ihr Kind sitzt auf dem Boden und macht - nichts. „Ziehe dir jetzt bitte deine Schuhe an." Ihr Kind rührt sich nicht und spielt mit seinen Fingern. „Ich will nicht." Sie spüren eine Wut in sich aufsteigen. „Ich habe dir gesagt, du sollst deine Schuhe anziehen!“ Und wieder nichts. Es platzt Ihnen der Kragen. „Wieso stellst du dich so stur? Verstehst du nicht, dass wir jetzt alle zu spät kommen? Die Erzieherin im Kindergarten wird das nicht lustig finden.“ Entnervt packen Sie Ihr Kind an der Hand und ziehen es grob und widerwillig ins Auto. Es fängt an zu weinen. Die Stimmung ist angespannt.

Es ist Nachmittag, Zeit für die Hausaufgaben. Statt sich zu konzentrieren, rutscht Ihre Tochter auf dem Stuhl hin und her und tritt unter dem Tisch die Füße ihres jüngeren Bruders. Sie beugt sich über sein Blatt und kritzelt darauf. Sie fängt an, ihn mit Worten aufzuziehen. „Bitte mach deine Hausaufgaben und lass deinen Bruder in Ruhe. Hier wird nicht getreten“, sagen Sie bestimmt. „Doch. Ich mache, was ich will“, entgegnet Ihre Tochter. „So nicht. So sprichst du nicht mit mir“, antworten Sie. „So sprichst du nicht mit mir“, äfft Ihre Tochter Sie nach. Ihr Puls steigt. „Wenn du nicht respektvoll mit mir sprichst, wird's was geben!“, sagen Sie diesmal lauter. Ihre Tochter kichert und verschränkt die Arme. Sie tritt abermals ihren Bruder und fängt an zu summen. Sie verlieren die Geduld und schimpfen: “Ich kann das nicht mehr ertragen. Ab auf dein Zimmer, ich will dich nicht sehen, bis du wieder bei Sinnen bist!“ Ihre Tochter schreit zurück: „Du bist gemein!“ Die Nerven liegen blank. Die Hausaufgaben sind ungemacht.

Dass das morgendliche Aufstehen und Anziehen zum Machtkampf wird, die Hausaufgaben nicht gemacht werden wollen und Kinder sich vehement weigern, das zu tun, was von ihnen verlangt wird, haben alle Eltern wohl schon einmal erlebt. Der Alltag einer Familie kann leicht zu einem Tretminenfeld werden, insbesondere dann, wenn Eltern unter Druck und Anspannung stehen. Sie verlieren den Kontakt zu ihrem Kind und reagieren unbedacht und vorschnell. Wenn Eltern ihr Kind anders haben wollen, als es gerade ist, passiert es leicht, dass sie es ermahnen, belehren, kontrollieren oder beschimpfen wollen. „Komm jetzt!“, „Mach schneller!“, „Hör auf damit!“, „Sei leiser!“, „Reiß dich zusammen!“. Funktioniert das nicht, folgen Erpressungen und Bedrohungen. „Wenn du jetzt nicht kommst, gehe ich ohne dich!“, „Wenn du dein Mittagessen nicht aufisst, kriegst du keine Schokolade!“. Wenn Eltern die Überzeugung haben, dass Kinder so zu funktionieren haben, wie sie es sich vorstellen, endet der Familienalltag oft in Schimpftiraden und immer schärferen Androhungen. Die Folge ist, dass sich ein Kind von seinen Eltern unverstanden und ungerecht behandelt fühlt und sich automatisch dagegen wehrt.

Die Gegenwehr und der Protest sind instinktive Prozesse eines Kindes, um sich seine eigene Integrität zu bewahren und seine eigenen Bereiche zu schützen. Auch ein Kind hat eigene Vorstellungen davon, was es gerade möchte und braucht. Hat ein

Kind das Gefühl, darin übergangen zu werden, sucht es nach Strategien, um sich abzugrenzen und zu behaupten. Wenn unser Kind also nicht kooperiert, dann tut es dies nicht mit böswilliger Absicht. Und schon gar nicht hat es sich das störende Verhalten gezielt ausgesucht, um uns als Mutter oder Vater aufzuregen oder sich an uns zu rächen. Vielmehr ist es ein Ausdruck innerer Vorgänge. Es sucht in der sich ihm bietenden Möglichkeiten nach einem Weg, seinen persönlichen Bereich zu schützen und in der Ganzheit seines Wesens gehört und gesehen zu werden. *Das, was ich will, ist auch wichtig.*

Konflikte entstehen in der Regel dann, wenn unser Kind etwas will, das wir nicht wollen oder wenn wir etwas wollen, was unser Kind nicht will. Auseinandersetzungen kommen in jeder Familie vor. Liegen Schimpfen, Schreien und Schlagen in einer Familie jedoch an der Tagesordnung, ist etwas schiefgelaufen. Geleitet von Emotionen wie Wut und Ärger und mangels geeigneter Alternativen greifen Eltern unwissentlich auf gewaltvolle Kommunikation zurück. Sie weisen ihrem Kind die Schuld zu, stellen es bloß oder demütigen es. Sie erlassen Befehle, leugnen Aussagen, schreien und brüllen. Auch entwürdigende Zuschreibungen, Einschüchterungen und Drohungen sind Formen verbaler Gewalt. Das hinterlässt Spuren. Ein Kind, das so behandelt wird, fühlt sich missverstanden und in seinem Selbstwert verletzt. Und auch die Eltern bleiben frustriert zurück. Es beschleicht sie das ungute und beschämende Gefühl, eine „schlechte" Mutter oder ein „schlechter" Vater zu sein.

Wenn Eltern immer wieder laut werden und überreagieren, ist das oftmals nur die Spitze eines Eisbergs. Die Kommunikation von Bedürfnissen und Gefühlen innerhalb der Familie scheint nicht zu funktionieren. Bedürfnisse werden nicht ernst genommen und Gefühle negiert. Die Eltern haben den Kontakt zu ihrem Kind verloren und das Kind das Vertrauen in die Eltern. Frust, Ärger, Schuldzuweisungen und Angst liegen in der Luft.

Neue Wege? Erziehung kommt von Be-ziehung

Wie funktioniert Erziehung heute? Welche neuen Wege können Eltern gehen? Welche alten Wege können verlassen werden? Im Gegensatz zu früheren Elterngenerationen sind Eltern heutzutage in der Lage, mit einem neuen Bewusstsein zu erziehen. Die Werte und Ziele einer wirksamen Erziehung haben sich in den letzten Jahren gewandelt. Jahrhundertelang war ein Autoritätsverhältnis zwischen Erziehungskraft und Kind üblich. In früheren Generationen war es normal, dass sich die Schwächeren dem Willen der Stärkeren anzupassen hatten.

„Solange du deine Füße unter meinen Tisch stellst, …" ist nur eines von vielen Beispielen, das diese Haltung verdeutlicht. Eltern haben erwartet, dass sich ihre Kinder ihren Forderungen ohne Widerstand fügten. Oberstes Gebot war, dass Kinder gehorsam und artig waren. Wenn es sein musste, wurde dies mit verbaler und physischer Gewalt erzwungen.

Es ist jedoch ein Irrtum, dass Gehorsam und Anpassung erzwungen werden können. Natürlich kann kurzzeitig „für Ruhe im Karton" gesorgt werden, doch nachhaltig lernt ein Kind nicht, wie es sich mit Selbstdisziplin und Selbstständigkeit in der komplexen Welt zurechtfindet. Die Folge ist blinder Gehorsam. Kinder handeln angepasst, weil sie fürchten, körperliche und psychische Schmerzen zu erleiden, gedemütigt oder von einer Gruppe ausgeschlossen zu werden.

Erziehung ist mehr als das Beibringen von Lektionen und Tugenden. Erziehung heißt, dass junge Menschen im Kontakt mit ihren Bezugspersonen erleben, worauf es im Leben ankommt. Dieser Gedanke findet zum Glück immer mehr Verbreitung.

Als Eltern wünschen wir uns heute vor allem, dass unseren Kindern der Raum zugestanden wird, ihre eigenen Werte zu entdecken und zu leben. Wir wünschen uns, dass das familiäre Zusammenleben von gegenseitigem Respekt und Gleichberechtigung getragen wird. Kinder sollen erleben, dass es jedem erlaubt ist, sich frei auszudrücken und dass alle Menschen in ihrem Sein bedingungslos geliebt und akzeptiert werden. Gleichzeitig ist es ganz natürlich, dass wir uns wünschen, unserem Kind unsere eigenen Werte mitzugeben. *Ich höre, was dir wichtig ist. Ich sage, was mir wichtig ist.*

Dabei zu helfen, die Bedürfnisse anderer zu erfüllen und mit dem zu kooperieren, was gerade gewünscht wird, geht für alle mit Einbußen einher. Kinder erfahren, dass sie auch mal darauf verzichten müssen, was ihnen selbst wichtig ist, damit gemeinsam ein Ziel erreicht werden kann. Als Eltern haben wir die Aufgabe, Kinder dabei zu ermutigen, zu kooperieren.

Gleichzeitig lassen wir sie spüren, dass das, was ihnen wichtig ist, ebenso richtig ist.

Grundlage für einen gegenseitigen Austausch, egal ob innerhalb oder außerhalb von Familien, ist die Begegnung. Auch in der Erziehung begegnen wir uns. So wird Erziehung zu Beziehung. Jedes Kind, das auf die Welt kommt, ist ein ganz einzigartiges Individuum. Schon ab dem Zeitpunkt der Zeugung, insbesondere aber nach der Geburt, haben wir die wundervolle Aufgabe, unser Kind in seiner Einzigartigkeit kennenzulernen und eine vertrauensvolle Eltern-Kind-Beziehung aufzubauen. Die Qualität dieser Beziehung beeinflusst maßgeblich das Wohlergehen der ganzen Familie. Was für eine Beziehung wünschen Sie sich zu Ihrem Kind? Wovon soll sie geprägt sein?

Natürlicherweise wünschen wir uns, dass die Beziehung zu unserem Kind voller Liebe, Vertrauen, Wohlwollen, Wärme, gegenseitigem Verständnis, Wertschätzung und Spaß ist. Genauso wie andere zwischenmenschlichen Beziehungen, erfordert eine solche erfüllte Eltern-Kind-Beziehung die Bereitschaft, Zeit und Mühe zu investieren und jeden Tag dazuzulernen. Weil Kinder die Fähigkeit der Eigenreflexion selbst erst erlernen, liegt die Verantwortung, wertschätzende Beziehungen innerhalb der Familie aufzubauen, bei uns Eltern. Die täglichen Erfahrungen, die wir mit unseren Kindern haben, bieten uns hierfür Raum zum Beobachten, Lernen und Wachsen. Entscheidend ist weniger, dass wir immer alles richtig machen, sondern vielmehr, dass wir eine innere Haltung von Mitgefühl, Aufrichtigkeit und Fürsprache einnehmen. So werden wir unser Kind emotional dort abholen können, wo es gerade ist, und ihm dabei helfen, mit für ihn schwierigen Umständen und Fragen umzugehen.

Wenn alles Kopf steht: Die Perspektive ändern

Machen Sie sich bewusst, dass das, was Sie erleben, immer Ihrer eigenen subjektiven Wahrnehmung entspringt. Eine gemeinsam erlebte Situation wird nicht selten von den unterschiedlichen Parteien völlig unterschiedlich betrachtet und erlebt. Steht bei Ihnen gerade alles Kopf, hilft es, die Perspektive zu wechseln und einen gemeinsamen Ausgangspunkt zu finden. Was ist überhaupt geschehen? Was nehmen Sie wahr? Was nimmt Ihr Kind wahr? Grundlage hierfür ist, dass Sie das, was Sie stört, objektiv beobachten können, ohne es zu bewerten. Was sehen Sie? Was hören Sie? Was berühren Sie? Öffnen Sie sich auch, in die Schuhe Ihres Gegenübers zu schlüpfen. Was sieht er wohl? Was hört er wohl? Was berührt er wohl?

Die menschliche Kommunikation ist komplex. Nicht selten kommt es zu Missverständnissen, weil wir etwas anders gemeint haben, als es bei unserem Gesprächspartner angekommen ist. Halten Sie sich deshalb immer wieder vor Augen: Wenn Sie mit Ihrem Kind sprechen, ist das, was Sie hören, nicht unbedingt das, was Ihr Kind Ihnen auch mitteilen möchte. Missverständnisse treten zum Beispiel auf, wenn wir bestimmte Aspekte einer Botschaft falsch interpretieren oder wenn wir auf bestimmte Aspekte einer Nachricht zu viel Wert legen.

Nach dem Kommunikationsmodell von Friedemann Schulz von Thun gibt es innerhalb einer Kommunikation einen Sender, der die Botschaft codiert und einen Empfänger, dessen Aufgabe es ist, die Botschaft zu decodieren. Möchte uns unser Kind etwas mitteilen, dann kann es dies als Sender über vier verschiedene Ebenen tun. Bildlich gesehen, besitzt es vier Schnäbel. Es kann seine Äußerung als Selbstkundgabe, Sachinhalt, Beziehungshinweis oder Appell codieren. Ein und dieselbe Äußerung kann also mit vier unterschiedlichen Intentionen gesagt werden.

Möchte das Kind etwas von sich preisgeben, ist das eine Selbstkundgabe. Möchte es über etwas informieren, ist es ein Sachinhalt. Möchte es verdeutlichen, was es von uns hält, ist die Botschaft ein Beziehungshinweis. Möchte das Kind uns zu etwas veranlassen, handelt es sich um einen Appell. Auch auf unserer Seite, der Seite des Empfängers, kann ein und dieselbe Botschaft auf vier verschiedenen Ebenen verstanden werden. Hierfür besitzen wir vier verschiedene Ohren. Hören wir mit dem Selbstkundgabeohr zu, erfahren wir etwas über unser Kind als Person. Hören wir mit dem Sachverhaltsohr zu, fragen wir uns, wie die Information zu verstehen ist. Mit dem Beziehungsohr hören wir, wie unser Kind zu uns spricht und was es von uns hält. Und das Appellohr verleitet uns dazu herauszuhören, was wir der Meinung unseres Kindes nach am besten tun sollten.

Beispiel

Wenn Ihr Kind sagt „Hausaufgaben sind langweilig“, kann das auf vier verschiedenen Ebenen gemeint sein:

Kind: „Hausaufgaben sind langweilig.“

- **Sachebene:** Hausaufgaben sind langweilig.
- **Selbstkundgabe**: Ich habe gerade keinen Spaß.
- **Beziehungsebene:** Du hast keine Ahnung, wie anstrengend das ist.
- **Appellebene**: Lass mich spielen und die Hausaufgaben wann anders machen.

Haben Sie im Gespräch mit Ihrem Kind den Eindruck, dass es sich von Ihnen missverstanden fühlt, lohnt sich ein Perspektivwechsel. Schalten Sie innerlich zum Beispiel von Ihrem Sachohr zu Ihrem Beziehungsohr. Mit dieser Technik können Sie besser herausfinden, worum es Ihrem Kind wirklich geht und angemessen auf es eingehen. Stellen Sie gezielte Nachfragen, mit denen Sie sich vergewissern können, ob Sie mit Ihren Vermutungen richtig liegen. Fragen Sie beispielsweise: „Habe ich das richtig verstanden, dass du mir sagen möchtest, dass ich keine Ahnung habe, wie anstrengend Hausaufgaben für dich sind?“. Antwortet Ihr Kind mit „Ja“, haben Sie einen Zugang zu seinem Bedürfnis gewonnen.

Es braucht gerade Verständnis und Mitgefühl. Seine Frustration und Ärger können schwinden und die angespannte Situation ist entschärft. Manchmal ist die Lösung viel näher, als wir glauben. Wir sind nur nicht in der Lage, sie zu sehen. Dann hilft es, das Gesagte oder die gesamte Situation einmal aus einem anderen Blickwinkel zu betrachten.

Gewaltfreie Kommunikation – Darauf kommt es an

Empathie – eine grundlegende menschliche Fähigkeit

Wir Menschen sind soziale Wesen. Wir möchten einer Gruppe angehören und zum Leben anderer Menschen beitragen. Die Fähigkeit, sich in andere Menschen hineinzufühlen und den eigenen psychischen Zustand zu mentalisieren, ermöglicht es uns, miteinander in Beziehung zu treten. Empathie bildet also die Grundlage des wechselseitigen Verständnisses im sozialen Zusammenleben.

Ohne Empathie gäbe es keine Teamarbeit und keine Kooperationsbereitschaft. Wir würden die Bedürfnisse anderer nicht nachvollziehen können und egoistisch handeln. Schon kleine Kinder haben das natürliche Bedürfnis nach Harmonie und Frieden. Sie möchten verstehen, was ihr Gegenüber fühlt, denkt und braucht. Sie beobachten ihre Mitmenschen ganz genau und versuchen das, was ihnen gespiegelt wird, zu begreifen.

Die Wissenschaft geht davon aus, dass das Potential für empathisches Vermögen bereits im

Kind veranlagt ist. Aber erst durch die direkte Auseinandersetzung mit der Umwelt wird die Veranlagung zur Fertigkeit. Biologisch gesehen ist die Empathie in Hirnarealen angelegt, die mehr als hundert Millionen Jahre alt sind. Schon unsere frühesten Vorfahren haben einander nachgeahmt und sich gegenseitig mit Gefühlen angesteckt.

Über die Jahrtausende lernten sie nicht nur zu fühlen, was andere fühlen, sondern auch zu verstehen, welche Bedürfnisse und Wünsche dahinterstanden. [1] Doch was sind Voraussetzungen, die die Empathiefähigkeit stärken können? Und wie unterscheidet sich die Empathiefähigkeit von Erwachsenen und Kindern?

Empathiefähigkeit bei Kindern und Erwachsenen

Beispiel

Die dreijährige Paula zeigt auf den Finger ihrer Großmutter. „Hast du Aua?“, fragt sie besorgt. Die Großmutter antwortet: „Ja, ich habe mir in den Finger geschnitten, aber ich klebe mir gleich ein Pflaster drauf.“ Paula hebt ihren Finger: „Ich habe auch Aua am Finger. Ich klebe mir auch ein Pflaster drauf.“

---

[1] de Waal, F. (2011). Das Prinzip Empathie, Was wir von der Natur für eine bessere Gesellschaft lernen können. München: Carl Hanser Verlag.

Das dreijährige Mädchen hat den Schmerz ihrer Großmutter nachempfunden und konnte ihn lindern, indem sie den Gedanken, ein Pflaster zu benutzen, visualisiert hat.

Empathie setzt voraus, zwischen dem eigenen Selbst und der anderen Personen zu unterscheiden. Ich kann deinen Schmerz nachempfinden, weiß aber, dass es mir gut geht. Diese Fähigkeit entwickeln Kinder erst in einem Alter von etwa eineinhalb bis zwei Jahren. Deutlich wird das zum Beispiel daran, dass sich das kleine Kind selbst im Spiegel wiedererkennt.

Fängt ein Säugling an zu schreien, weil es einen anderen Säugling schreien hört, ist das dagegen keine Empathie. Der Säugling hat noch kein Gefühl für seine eigene Präsenz entwickelt.

Psychologen sprechen dann von einer emotionalen Ansteckung .[2]

Grundzutaten der Empathie sind Präsenz und Aufmerksamkeit. Unser Gehirn wird ständig von einer Vielfalt von Sinneseindrücken überschwemmt. Indem wir Aufmerksamkeit auf etwas richten, entscheiden wir uns, einzelne Reize bevorzugt zu betrachten. Andere dagegen versuchen wir

---

[2] Krüger R. T. (2018). Empathie, Mitgefühl und die Entwicklung von Liebe in der Psychotherapie. Z Psychodrama Soziom 17, 57-67.

zu übergehen und zu unterdrücken. Bezogen auf empathisches Verhalten heißt das, dass wir unseren Fokus auf unser Gegenüber richten und unmittelbar an seiner Gefühlslage teilnehmen.

Wir stellen für einen kurzen Moment nicht unsere eigenen Gefühle in den Mittelpunkt unserer Wahrnehmung, sondern die des anderen. Kleine Kinder haben die schöne Angewohnheit, sehr präsent zu sein. Sie leben im Hier und Jetzt. Dadurch können sie gut wahrnehmen, was sich in der Mimik, Gestik und Haltung ihres Gegenübers abspielt. Doch ihnen fehlt noch die nötige Reflektiertheit, um Gefühle richtig zu deuten. Das lernen sie Stück für Stück im Dialog mit ihren Mitmenschen.

Ziel empathischer Kommunikation ist es, die Erfahrungen und Bedürfnisse des anderen respektvoll zu verstehen. Wenn wir empathisch aufnehmen, was unser Gesprächspartner sagt, hören wir heraus, was dieser gerade fühlt, braucht und erbittet. Aufgrund der Erfahrungen, die wir im Laufe unseres Lebens gemacht haben, sind wir als Erwachsene viel geübter darin, andere Menschen zu lesen. Von uns Erwachsenen erfordert Empathiefähigkeit jedoch eine hohe Konzentration. Wir tendieren schnell dazu, das Gesagte in unserem Kopf mit unserer eigenen Meinung oder der Meinung von anderen abzugleichen. Wir wollen Ratschläge geben, Trost zusprechen oder beschwichtigen. Das hindert uns jedoch daran, wirklich präsent zu sein und einfach nur mitzufühlen.

In der Beziehung mit unserem Kind bedeutet Empathie, dass wir als Mutter oder Vater nicht nur von außen darauf schauen, was unser Kind tut oder sagt, sondern wirklich bei ihm sind. Um wirklich bei unserem Kind zu sein, ist es erforderlich, alle Empfangskanäle, die wir haben, zu öffnen und mit unserem ganzen Wesen zuzuhören. Wie muss sich Ihr Kind gerade fühlen? Was sehen, hören, spüren und riechen Sie? Ist Ihr Kind zum Beispiel verängstigt und erregt, können Sie diese Anspannung in seinem Körper spüren. Seine Pupillen sind erweitert und vielleicht ist der Rücken etwas feucht. Ist Ihr Kind aufgebracht und begeistert, stolpert es vielleicht über seine Worte und fuchtelt aufgeregt mit seinen Armen. Dreht Ihr Kind seinen Kopf und seinen Körper in Ihre Richtung, signalisiert das das Bedürfnis nach Nähe und Zuneigung.

Durch die Fähigkeit der Empathie sind Eltern in der Lage, die Bedürfnisse ihrer Kinder nachzuempfinden und zu verstehen. Sie können mit einem adäquaten Verhalten reagieren. Andersherum hilft Empathie Kindern, die Bedürfnisse, Erwartungen und Bedenken ihrer Eltern nachzuvollziehen. Sie verhilft ihnen zu Einsicht und kooperativem Verhalten.

Die gewaltfreie Kommunikation ist ein ideales Mittel, um die Empathiefähigkeit von Kindern zu stärken. Ihr Kind gewinnt Zugang zu seinen eigenen Gefühlen und Bedürfnissen, indem Sie als Elternteil diese in Worte fassen. Kommt Ihr Kind weinend zu Ihnen gelaufen, weil ihm sein Spielgefährte die Schaufel aus der Hand gerissen hat, könnten Sie sagen: „Du bist wütend und sauer, weil du nicht gefragt wurdest, ob du die Schaufel abgeben möchtest." So lernt Ihr Kind, dass sein körperliches Empfinden Wut und Ärger sind und dass sein Bedürfnis, erst gefragt zu werden, verletzt worden ist. Die Empathie Ihres Kindes wird geschult. Weil es sich diese Erfahrung für andere nicht wünscht, wird es selbst anderen Kindern die Schaufel nicht wegnehmen wollen, ohne vorher um Erlaubnis zu fragen.

Das Konzept

Lebensentfremdete Kommunikation, lebensentfremdeter Alltag?

Beispiel:

Die vierjährige Anna fährt mit ihrem Fahrrad auf dem Bürgersteig. Erst fährt sie ganz vorsichtig neben ihrer Mutter her, doch als die Straße bergab geht, kommt sie in Fahrt. Sie tritt kräftiger in die Pedale und fährt ihrer Mutter voraus. Ihre Mutter ruft ihr noch ein lautes „Stopp!" hinterher, doch Anna fährt immer schneller weiter. Aufgebracht läuft ihre Mutter ihr nach und bekommt sie kurz vor einer größeren Kreuzung zum Stoppen. Sie ist wütend, weil sie sich Sorgen um Anna gemacht hat. „Du hörst nicht auf mich. Wir hatten ausgemacht, dass du neben mir fährst. Wenn du dich nicht an Abmachungen hältst, brauchst du auch nicht zu erwarten, dass ich dich nochmal mit dem Fahrrad fahren lasse. Niemand mag Menschen, die sich nicht an Abmachungen halten!"

Was ist in der Situation geschehen? Anna hat sich falsch verhalten und sich selbst in Gefahr gebracht. Der Schwere ihres Fehlverhaltens war sie sich jedoch nicht bewusst. Ihre Mutter war emotional aufgeladen. Sie hat Anna unterstellt, ein schlechter Mensch zu sein, weil sie einen Fehler gemacht und sich nicht an die Abmachung gehalten hatte. Schlimmer noch, Anna wurde kommu-niziert, dass sie von anderen Menschen nicht mehr gemocht wird. Diese moralischen Verurteilungen und Schuldzuweisungen haben dazu geführt, dass sich die Mutter von ihrer natürlichen einfühlsamen Natur entfremdet hat. Auch wenn wir andere in Schubladen stecken, Vergleiche machen und Forderungen stellen, werden unser Mitgefühl und unsere Wertschätzung füreinander blockiert. Lebensentfremdete Kommunikation hat zur Folge, dass wir uns einander mit Worten verletzen und die Bindung zueinander zerstören.

Die Haltung, nach der wir in der gewaltfreien Kommunikation streben, lässt uns dagegen echte, ehrliche und lebendige Beziehungen leben. Sie gründet auf ein ganz bestimmtes Menschenbild, das selbstverständlich auch für die Kleinsten unter uns gilt. Fühlen Sie sich inspiriert, Ihre Kinder einmal aus anderen Augen zu betrachten. Im Menschenbild der gewaltfreien Kommunikation sind wir Menschen durch unser soziales Wesen von Natur aus daran interessiert, gute und vertrauensvolle Bindungen zu anderen aufzubauen. Zudem verspüren wir eine Woge inneren Glücks, wenn wir einen Beitrag zum Leben anderer leisten können.

Gleichzeitig ist jede Handlung eines Menschen der Versuch, Bedürfnisse zu erfüllen und Bedürfnisse sind immer dem Leben dienlich. Das bedeutet, selbst wenn die Handlung Ihres Kindes an sich gewaltvoll ist, so ist die Intention hinter dem Verhalten als positiv zu betrachten. Gewaltvolles Handeln resultiert oft einfach aus einem Mangel an geeigneten Strategien.

Wie könnte die Situation mit Anna auf dem Fahrrad aus der Perspektive der gewaltfreien Kommunikation ablaufen? Nachdem die Mutter ihre Tochter durch einen schützenden Handgriff stoppt und in Sicherheit bringt, ist das eigentliche Bedürfnis der Mutter, nämlich das Wohlergehen ihrer Tochter, bereits gestillt. Anstatt jetzt also ihren Unmut und Stress an Anna auszulassen, atmet sie tief ein und aus und zählt dabei innerlich bis fünf. Mit mehr innerer Ruhe klärt sie die Situation: „Anna, macht es dir ganz viel Spaß, schnell zu fahren? Ist das fast wie Fangenspielen, wenn ich dir hinterherlaufe?". Anna nickt. Ihre Mutter erklärt: „Das verstehe ich. Mir ist es wichtig, dass dir nichts passiert. Deshalb bitte ich dich, an der Straße neben mir zu bleiben. Die Autos auf der Straße können manchmal nicht so schnell stoppen, wie du denkst. Auf dem Spielplatz können wir wieder Fangen spielen, da ist es sicher."

Die vier Säulen der GFK

„Was ich in meinem Leben will, ist Einfühlsamkeit, ein Fluss zwischen mir und anderen, der auf gegenseitigem Geben von Herzen beruht."

Marshall B. Rosenbergs Worte drücken die Philosophie der gewaltfreien Kommunikation in einem schönen Sinnbild zusammen. Menschen sehnen sich nach Ver¬bindung, gegenseitiger Rücksichtnahme und Übereinkunft. Die gewaltfreie Kommunikation kann dazu beitragen, indem sie auf vier Säulen aufbaut: Beobachtungen, Gefühle, Bedürfnisse und Bitten.

Beobachtungen

Die erste Säule der gewaltfreien Kommunikation ist die wertfreie Beobachtung. Wir beobachten mit einem sachlichen Blick, was genau passiert und was unsere Mitmenschen machen oder sagen. Dabei achten wir darauf, dass wir unsere Beobachtungen von Bewertungen freihalten beziehungsweise mental abkoppeln. Das kann sich anfangs noch ungewohnt anfühlen, wird aber mit der Zeit leichter. Wertungsfreie Beobachtungen sind sehr bedeutsam, um einfühlsam kommunizieren zu können.

Übertragen in die Praxis bedeutet das, dass wir uns klar darüber sind, was wir objektiv beobachten und das in dieser Klarheit verbal wiedergeben. Wir verzichten auf jedwede Beurteilung, Kritik oder anderweitige Formen der Analyse. Beispielsweise sagen wir: „Ich sehe, du hast deine Schuhe noch nicht angezogen", anstatt „Du hast deine Schuhe noch nicht an, du trödelst wieder rum!". Vermischen wir in unseren Aussagen Beobachtungen mit Bewertungen, wird unser Gesprächspartner leicht Kritik heraushören. Weil viele Menschen auf Bewertungen mit Abwehr reagieren, wird auch die Bereitschaft zu kooperieren gesenkt.

Ausstellen können wir unsere Bewertungen jedoch nicht. Unser Gehirn ist ein ausgeklügeltes Warnsystem. Sobald wir etwas beobachten, registrieren wir automatisch, ob das für uns bedrohlich ist oder nicht. Ob wir uns wohlfühlen oder nicht. Ob unsere Bedürfnisse genährt sind oder nicht. Bewertungen aktivieren also auch unsere Gefühle, was gut und richtig ist. Bewertungen werden erst dann für zwischenmenschliche Beziehungen schädlich, wenn wir uns unseren Bewertungen nicht bewusst sind. Es geht also auch hier nicht darum, irgendetwas von uns zu unterdrücken oder abzugrenzen. Es geht darum, Verantwortung zu übernehmen. Wenn ich mir bewusst bin, dass ich mein Kind gerade bewerte, weiß ich, wie ich konstruktiv damit umgehen kann. Weil ich weiß, dass Bewertungen sehr subjektiv sind, kann ich sie für mich behalten und sie als Gedanken abtun. Ich kann meinen Fokus wieder darauf ausrichten, objektive Beobachtungen zu machen.

Tipp: Üben Sie im Alltag immer mal wieder, Beobachtungen von Bewertungen abzukoppeln. Machen Sie zum Beispiel einen Spaziergang. Was passiert? Was nehmen Sie wahr? Was sehen, hören und spüren Sie? Wann verspüren Sie den Impuls, zu bewerten?

Gefühle

Nachdem wir im ersten Schritt unsere äußere Umgebung beobachtet haben, werfen wir nun einen Blick in unser Inneres. Dafür halten wir kurz inne und verbinden uns mit unserem Körper. Wir erspüren und reflektieren bewusst, welche Gefühle in uns durch die Beobachtung ausgelöst wurden. Die Wahrnehmung und Benennung der eigenen Gefühle und die Fähigkeit, diese von den Gefühlen anderer abgrenzen zu können, ist wesentlich für einen ehrlichen Umgang miteinander. Nur wenn wir uns selbst darüber im Klaren sind, was genau wir fühlen, geben wir anderen die Möglichkeit, sich in unsere Position hineinzufühlen.

Rosenberg sieht den Schlüssel für eine gewaltfreie Kommunikation darin, dass jeder Mensch Verantwortung für seine eigenen Gefühle übernimmt. So werden Ihre Gefühle zwar in der Regel durch einen Auslöser im Außen ausgelöst, doch die Ursache Ihrer Gefühle liegt in Ihnen selbst. So liegen hinter allen Gefühlen, die ein Mensch hat, erfüllte oder unerfüllte Bedürfnisse. Angenehme Gefühle signalisieren, dass unsere Bedürfnisse erfüllt sind, während unangenehme Gefühle meist auf unerfüllte Bedürfnisse deuten. So fühlen Sie sich beispielsweise „erleichtert und befreit", wenn Ihr Bedürfnis nach „weniger Druck" erfüllt worden ist. Ihnen ist sozusagen eine Last von den Schultern gefallen.

In der Erziehungsweise vieler Familien ist es allerdings normal, dass schon kleine Kinder lernen, dass sie für die Gefühle anderer Menschen verantwortlich gemacht werden: „Wenn du nicht aufisst, ist Mama traurig." Sie lernen nicht: Die Mama hat ein bestimmtes Bedürfnis und wenn das nicht erfüllt ist, ist sie traurig. So beginnen auch Kinder am Vorbild ihrer Eltern, andere für ihre Gefühle verantwortlich zu machen: „Ich bin sauer, weil du mich nicht Fernsehen schauen lässt."

Einigen Menschen fällt das Ausdrücken der eigenen Gefühle schwer. Wenn wir in der eigenen Erziehung nie gelernt haben, Gefühle auszusprechen, fehlt uns schlichtweg der Wortschatz, um sie zu benennen. Wir meinen dann, über Gefühle zu sprechen, reden aber eigentlich über Gedanken. So beschreibt die Aussage „Ich habe das Gefühl, dass du mich nicht ernst nimmst“ nicht unser Gefühl, sondern unsere Gedanken. Das, was wir wirklich fühlen, ist Traurigkeit darüber, dass wir nicht respektiert und wertgeschätzt werden. Wir könnten stattdessen sagen: „Ich bin traurig. Ich fühle mich nicht gesehen, respektiert und wertgeschätzt.“. Genauso wenig ist die Aussage: „Ich habe das Gefühl, die Hausarbeit ist viel zu viel.“ keine Aussage über unser Gefühl. Wir möchten eigentlich ausdrücken: „Ich bin überfordert. Ich fühle mich hilflos und niedergeschlagen.“

So können wir uns fühlen, wenn unsere Bedürfnisse erfüllt sind:

angenehm	erfreut	inspiriert	motiviert
belebt	erleichtert	kraftvoll	mutig
energiegeladen	friedlich	klar	optimistisch
entspannt	glücklich	leicht	selbstsicher
enthusiastisch	hellwach	liebevoll	unbeschwert

So können wir uns fühlen, wenn unsere Bedürfnisse nicht erfüllt sind:

ängstlich	besorgt	frustriert	unter Druck
angespannt	deprimiert	gehemmt	unglücklich
aufgeregt	elend	genervt	unzufrieden
ausgelaugt	enttäuscht	irritiert	verzweifelt
bedrückt	ruhelos	sauer	wütend

Bedürfnisse

Bedürfnisse zu haben ist menschlich. Wir brauchen sie für ein erfülltes Leben. Das Kennzeichnende an Bedürfnissen ist: Wir teilen sie mit allen Mitmenschen, egal in welcher Kultur, Religion oder Gesellschaft wir auf¬wachsen. Jeder Mensch braucht Sauerstoff, Licht, Wasser, Nahrung, Bewegung und Schlaf, um zu überleben. Jeder Mensch hat aber auch emotionale Bedürfnisse. Grundsätzlich stehen alle Bedürfnisse nebeneinander. Wie wichtig einem Menschen ein bestimmtes Bedürfnis gerade ist, hängt dabei immer von der individuellen Lebenssituation ab. Außerdem sind Bedürfnisse immer unabhängig von Ort, Zeit, speziellen Handlungen oder speziellen Personen. Vielleicht kommt uns öfter ein bestimmter Mensch in den Sinn, von dem wir hoffen, dass er uns dabei hilft, unser Bedürfnis zu erfüllen. Doch wir sind nicht von dieser Person abhängig und können genauso gut einen anderen Menschen darum bitten.

Die neun menschlichen Grundbedürfnisse [3]:

- Bedürfnisse des physischen Lebens (physische Gesundheit, Wasser, Essen, Unterkunft)
- Sicherheit/Schutz
- Liebe/Zuneigung
- Verständnis
- Teilnahme/Beitrag leisten
- Erholung/Spiel
- Kreativität
- Identität/Zugehörigkeit
- Autonomie/Selbstbestimmung

Bedürfnisse sind nicht dasselbe wie Gefühle. So ist „Glücklichsein" kein Bedürfnis, sondern ein Gefühl. Wir können uns wünschen, uns glücklich zu fühlen, aber eigentlich meinen wir damit, dass wir uns wünschen, dass unsere Bedürfnisse erfüllt sind. Wir können dann einen Schritt weiter gehen und

---

[3] Max-Neef, M., Elizalde, A., Hopenhayn, M. (1992): Development and human needs. Real-life economics: understanding wealth creation, 197, 213.

uns fragen: Was brauche ich denn, um mich glücklich zu fühlen? Welches eigentliche Bedürfnis will erfüllt werden?

Oft werden Bedürfnisse auch mit den Strategien verwechselt. Strategien sind Handlungen, die wir vornehmen, um unser Bedürfnis zu erfüllen.

Wir können aber für ein und dasselbe Bedürfnis ganz viele unterschiedliche Strategien wählen. Wenn wir also sagen: „Ich möchte so gern in den Arm genommen werden", meinen wir damit, dass wir uns nach Liebe, Zuneigung und Nähe sehnen. Nicht jeder wird nachvollziehen können, warum wir ausgerechnet in den Arm genommen werden wollen.

Aber die meisten Menschen werden unser Bedürfnis nach Liebe, Zuneigung und Nähe verstehen, weil sie dieses mit uns teilen.

Wir haben jederzeit die Chance, neue Wege zu erlernen, um unsere Bedürfnisse zu erfüllen. Wir können feiern, wenn eine Strategie zum Ziel geführt hat und von Strategien lernen, die nicht zielbringend waren.

Im Hinblick auf die Erfüllung von Bedürfnissen gibt es große Unterschiede zwischen Erwachsenen und Kindern. Während wir als Erwachsene in der Lage sind, uns um uns selbst zu kümmern, sind Kinder auf ihre Bezugspersonen angewiesen. Ganz wichtig: Sie brauchen die unbedingte Erlaubnis von uns, jedes Bedürfnis äußern zu dürfen. Wir müssen nicht die vom Kind gewählte Strategie gutheißen, aber wir sollten sein Bedürfnis anerkennen. Nur so lernen Kinder, alle Anteile an sich zu erlauben. Sie entwickeln ein gesundes Selbstwertgefühl. Der zweite Unterschied betrifft die Selbstkontrolle und den Bedürfnisaufschub. Im Gegensatz zu Erwachsenen haben jüngere Kinder noch nicht gelernt, ihre Bedürfnisse auf einen späteren Zeitpunkt zu verschieben. Je jünger ein Kind ist, desto wichtiger ist es, dass das Bedürfnis sofort erfüllt wird, um das Urvertrauen zu stärken. Sie können Ihr Kind aber dabei begleiten, das Potenzial des Bedürfnisaufschubs zu erlernen.

Der Schlüssel zu unseren Bedürfnissen sind unsere Gefühle. Im Hinblick auf körperliche Bedürfnisse ist das für viele ganz selbstverständlich. Wenn wir durstig sind, spüren wir einen trockenen Hals. Sind wir müde, fühlen wir uns schwach und benommen. Doch Körperempfindungen können immer auch ein Signal für ein emotionales Bedürfnis sein. Je besser wir unsere Gefühle in unserem Körper lokalisieren und wahrnehmen können, desto leichter können wir die dahinterstehenden Bedürfnisse identifizieren. Sind wir zum Beispiel verärgert und wütend, spüren wir, wie sich unser Magen zusammenzieht. Wir haben Wut und Groll im Bauch und wünschen, gesehen und gehört zu werden. Sind wir besorgt und niedergeschlagen, empfinden wir einen Druck auf unserer Brust. Uns liegt etwas auf dem Herzen. Wir wünschen uns Klärung und Gewissheit. Sind wir verunsichert und ängstlich, steckt uns wortwörtlich ein Kloß im Hals. Wir haben das Bedürfnis nach emotionaler Sicherheit und Vertrauen.

Bitten

Im letzten Schritt der gewaltfreien Kommunikation formulieren wir eine Bitte, mit der wir ausdrücken, was wir uns von unserem Gegenüber wünschen. Es sollte hier vor allem zur Sprache kommen, was wir wollen und nicht, was wir nicht wollen.

Auch wenn es uns manchmal Angst macht, für unsere Interessen einzutreten und eventuell abgelehnt zu werden. Spezifisch formulierte Bitten helfen unserem Gegenüber enorm dabei, aktiv auf uns und unsere Bedürfnisse eingehen zu können. Dabei beziehen wir unsere Bitten immer auf etwas, das der andere konkret tun kann (Handlung) und nicht, wie er zu sein hat (Sein). Zum Beispiel bitten wir: „Wärest du bereit, die Musik leiser zu drehen, während ich arbeite?“ und nicht „Könntest du bitte ein wenig respektvoller sein?“.

In den meisten Fällen lassen sich Bitten in zwei Kategorien einteilen: Handlungsbitten und verbindende Bitten. In der ersten Kategorie bitten wir unser Gegenüber um eine sachliche Lösung im

Hier und Jetzt, z. B. um eine konkrete Handlung oder Rückmeldung: „Wärest du bereit, den Rasen zu mähen?“ oder „Bitte sage mir kurz, ob du morgen zum Abendessen vorbeikommst.“. In der zweiten Kategorie bitten wir um eine weitere Beziehungsklärung.

Das ist oft dann der Fall, wenn wir merken, dass noch nicht alle Gefühle und Bedürfnisse zur Sprache gekommen sind, um zu einer sachlichen Lösung zu finden. Dann bitten wir unser Gegenüber beispielsweise, seine Gefühle und Bedürfnisse zu äußern: „Ich würde gerne wissen, wie du dich damit fühlst. Wärest du bereit, es mir zu sagen?“ oder „Ich würde gerne wissen, ob ich mich verständlich ausdrücke. Wärest du bereit, mir zu sagen, was du gehört hast?“.

Eine Bitte ist keine Forderung. Wenn Sie jemanden um etwas bitten, dann geben Sie ihm die freie Wahl zu entscheiden, ob er diese Bitte umsetzen und erfüllen möchte oder nicht. Gehen Sie deshalb sowohl mit einem „Ja“ als auch mit einem „Nein“ respektvoll um. Sehen Sie ein „Nein“ aber nicht als Ablehnung an Ihre Person oder als Signal, um sich zurückzuziehen. Bleiben Sie im Gespräch und versuchen herauszufinden, welches Bedürfnis Ihres Gesprächspartners vielleicht noch nicht gehört worden ist.

Genauso wie Sie sich in Ihrer Kommunikation an diesen vier Schritten orientieren, ist es Ihre Aufgabe, diese Informationsteile auch von Ihrem Gegenüber aufzunehmen. Das gemeinsame Ziel ist es, die Lebensqualität beider zu verbessern.

Mehr Wertschätzung und Anerkennung mit GFK

Beispiel:

Leons Mutter bereitet in der Küche das Mittagessen vor. Leon kommt hereingestürzt und landet mit seinem Lego-Raumschiff neben dem Brettchen, auf dem sie gerade Gemüse schnippelt. „Ich bin etwas in Stress und brauche Unterstützung, wärest du bereit, Schüssel und Löffel auf den Tisch zu stellen?“, bittet sie ihn. Leon presst die Lippen zusammen und sagt mit Roboterstimme: „Ich bin bereit.“ Als er fertig ist, dreht sich seine Mutter um und sagt: „Du hast den Tisch sehr schön gedeckt, danke!“

Menschen, Kinder sowie Erwachsene möchten von ihren Mitmenschen anerkannt werden. Wir wollen das Gefühl empfinden, dass wir willkommen geheißen, akzeptiert, respektiert und geliebt werden. Wir wollen nicht nur als „Jemand“ erkannt werden, sondern spüren, dass wir befürwortet werden. Zustimmung der eigenen Person durch andere Menschen verhilft uns dazu, ein positives Selbstbild aufzubauen.

Die gewaltfreie Kommunikation ist ein wundervolles Mittel, um anderen Menschen diese Wertschätzung und Anerkennung zukommen zu lassen. Ein Grundannahme der gewaltfreien Kommunikation ist, dass jeder Mensch in jeder Situation die ihm bestmögliche zur Verfügung stehende Bewältigungsstrategie wählt.

Die Verhaltensweisen von Menschen werden daher nicht in richtig oder falsch, gut oder schlecht eingestuft. Stattdessen steht im Mittelpunkt, welche Gefühle das Verhalten eines Menschen bei dem anderen ausgelöst hat.

Wenn Leon sich nicht bereit erklärt hätte, zu helfen, wäre das nicht falsch gewesen. Seine Mutter wäre aber trotzdem enttäuscht und traurig gewesen, weil ihr Unterstützung und Beteiligung innerhalb der Familie wichtig sind. Indem sie ihre Gefühle und Bedürfnisse in den Fokus der Aufmerksamkeit legt, würde sie Leons Verhalten auch nicht verurteilen müssen. Die Wertschätzung füreinander bleibt stets bewahrt.

Die meisten Menschen drücken ihre Wertschätzung mit Lob und Komplimenten aus. In dem Beispiel lobt Leons Mutter ihn dafür, wie schön er den Tisch gedeckt habe. Kindern tut diese Art von Lob und Anerkennung gut. Sie brauchen diese Rückmeldung, um ein stabiles Selbstwertgefühl zu entwickeln. Aber sie wollen vor allem wahrgenommen werden und nicht ständig Gegenstand unserer Beurteilung sein.

Wie drücken wir Anerkennung und Wertschätzung in der gewaltfreien Kommunikation aus? Ziel ist es, dass unser Gegenüber erfährt, wie er in guter Weise zu unserem Leben beigetragen hat. Dafür geben wir preis, was genau sein Verhalten in uns ausgelöst hat und warum wir uns dadurch wohler fühlen. Leons Mutter könnte beispielsweise sagen: „Ich bin glücklich und erleichtert, dass du mir geholfen hast, den Tisch zu decken. Jetzt konnte ich mit viel mehr Ruhe die Suppe zu Ende kochen. Danke dir, Leon." Leon wird sich durch diesen Sprachstil der Anerkennung viel besser darin hineinversetzen, wie sehr er das Leben seiner Mutter verbessert hat. Das wird ihn selbst sehr glücklich machen, da Menschen von Natur aus danach streben, einen Unterschied zu machen und am Leben anderer Menschen teilhaben zu können.

Lob und Komplimente dieser Art kommen von Herzen. Sie können dann nicht dafür missbraucht werden, heimliche Absichten zu verstecken. Wenn wir als Eltern unser Kind loben „Das hast du aber toll gemacht mit den Hausaufgaben. Immer weiter so", kann das auf verschiedene Weise von unserem Kind aufgenommen werden. Entweder fühlt es sich aufrichtig anerkannt oder aber es mischt sich eine gewisse Skepsis ein. Lassen wir den

Satz beispielsweise fallen, obwohl wir gerade mit dem Abwasch beschäftigt sind und gar nicht mit voller Präsenz hinsehen, was dem Kind gelungen ist, entkräftigt das das Lob. Es könnte sein, dass unser Kind das Gefühl beschleicht, dass etwas von ihm verlangt wird. Nämlich, dass wir einfach nur wollen, dass alles beim Hausaufgaben machen glatt läuft. Und wenn wir ehrlich mit uns sind, dann erkennen wir, dass hinter manch gut gemeintem Kompliment die heimliche Absicht steckt, das Kind am Funktionieren zu halten: „Da warst du wieder auf zack. Super!", „Prima, dass du so artig warst." oder „Ich bin richtig stolz, dass du mit anderen teilst.". Ein „Schau mal, wie glücklich der andere Junge ist, weil du ihm deine Schaufel gegeben hast", würden einem Kind mehr wahre Wertschätzung geben.

Probieren Sie es selbst einmal aus. Fühlen Sie die nächsten Male, wenn Ihr Kind in Ihren Augen etwas Gutes getan hat, in sich hinein. Was genau gefällt Ihnen an der Handlung Ihres Kindes? Möchten Sie Ihr Kind dafür loben, dass es funktioniert? Oder haben Sie wirklich das Gefühl, dass sich durch seine Handlung etwas in Ihrem eigenen Leben verändert hat, wofür Sie sich bedanken wollen? Es macht einen Unterschied.

Anerkennung und Wertschätzung Schritt für Schritt:

- **Verhalten** - Was genau hat Ihr Gegenüber getan, das Ihr Leben verbessert hat?
- **Bedürfnisse** - Welche Ihrer Bedürfnisse wurden durch seine Handlung erfüllt?
- **Gefühle** - Welche Gefühle wurden durch seine Handlung bei Ihnen ausgelöst?

Gewaltfreie Kommunikation Schritt für Schritt erklärt

Wenn wir beginnen, die gewaltfreie Kommunikation in unser Leben zu integrieren, laufen wir in die Gefahr, zu verkopft zu werden und in vier Schritten sprechen zu wollen. Dabei will die gewaltfreie Kommunikation als Sprache des Herzens vor allem verkörpert werden. Sehen Sie die einzelnen Schritte also nicht als strikten Leitfaden, sondern eher als Anhaltspunkte, an denen Sie sich in Ihren Gesprächen orientieren können.

Schritt 1: Beobachten Sie, was etwas in Ihnen auslöst

Im ersten Schritt gewinnen wir in uns selbst so viel Klarheit wie möglich darüber, was in unserer Umwelt bestimmte Gefühle in uns ausgelöst hat. Was beobachte ich, was etwas in mir auslöst? Was sehe ich? Was höre ich? Was spüre ich? Diese Beobachtungen teilen wir unserem Gegenüber mit.

1. Wir teilen unsere Beobachtung mit, sagen aber nicht, ob sie uns gefällt oder nicht und halten die Aussage auch von moralischen Urteilen frei.

Beispiel: *„Ich sehe, du liegst seit zwei Stunden in deinem Bett." (neutrale Beobachtung)*

Nicht: *„Du vergeudest deine Zeit." (Bewertung) oder „Sei nicht so faul!" (Moralisches Urteil)*

2. Wir beschreiben die Situation so, dass sie in einen Zeitrahmen und einen Zusammenhang gebracht werden kann. Wir vermeiden Worte wie ständig, immer, nie.

Beispiel: *„Die letzten drei Tage lag deine Jacke auf dem Boden und war nicht aufgehängt."*

Nicht: *„Ständig lässt du dein Zeug liegen und wir stolpern darüber. Wie gehst du eigentlich damit um? Du bist so eine Chaostante."*

Beispiele für die objektive Formulierung von Beobachtungen:

„Ich habe gesehen/beobachtet, dass..."

„Als du gesagt hast, dass..."

„Ich kann mich erinnern, dass..."

„Wenn ich sehe/höre, dass..."

Schritt 2: Nehmen Sie wahr, welche Gefühle in Ihnen ausgelöst werden.

Im zweiten Schritt beschreiben wir die Gefühle, die in uns entstehen, ohne andere dafür verantwortlich zu machen. Wie fühle ich mich?

1. Wir äußern Gefühle in kurzen einfachen Sätzen, zum Beispiel „Ich bin dankbar.", „Ich bin irritiert.", „Ich fühle mich ausgeglichen." oder „Ich fühle mich so genervt."
2. Wir knüpfen unsere Gefühle nicht an die Beobachtung, sondern an das Bedürfnis, das wir zu erreichen versuchen. So stellen wir klar, dass unsere unangenehmen Gefühle mit unseren eigenen unerfüllten Bedürfnissen zusammenhängen und nicht mit dem Verhalten unseres Gegenübers oder den äußeren Umständen.

Beispiel: *„Ich bin frustriert, weil es mir wichtig ist, dass wir aufeinander Acht geben." (Rücksichtnahme)*

Nicht: *„Ich bin frustriert, wenn du deine Jacke achtlos liegen lässt."*

3. Wir unterscheiden zwischen echten Gefühlen und Pseudogefühlen. Echte Gefühle sind in uns selbst und entstehen auch durch uns selbst, beispielsweise „Ich bin wütend, hilflos, verwirrt".

Im Gegensatz dazu sind Pseudogefühle versteckte Bewertungen, mit denen wir versuchen, anderen die Schuld für unser Gefühl zuzuschieben, z. B. „Ich fühle mich allein gelassen, unter Druck gesetzt, hintergangen.“. Kern der gewaltfreien Kommunikation ist, dass wir unsere Gefühle so kommunizieren, dass die Verantwortung bei uns bleibt.

Beispiel: *„Ich bin traurig.“*

Nicht: *„Ich fühle mich von dir abgelehnt.“ (Pseudogefühl). Sich abgelehnt zu fühlen ist kein Gefühl, sondern ein bewertender Gedanke: „Ich denke, dass du mich ablehnst.“*

Woran merken wir, dass wir über ein Pseudogefühl sprechen? Folgt der Beschreibung unserer Gefühle ein Hinweis auf das Sein und Verhalten anderer, so liegt es nahe, dass wir gerade dabei sind, die Schuld bei dem anderen zu suchen und sein Verhalten zu bewerten.

Schritt 3: Erkennen Sie, welches Bedürfnis Sie gerade haben.

Im dritten Schritt werden wir uns bewusst darüber, welche Bedürfnisse sich hinter unseren Gefühlen verbergen. Welche Bedürfnisse wurden durch meine Beobachtungen verletzt? Welche Bedürfnisse wurden in mir geweckt? Wir sprechen anderen gegenüber klar aus, was wir persönlich gerade brauchen.

1. Bedürfnisse werden allgemein formuliert.

Beispiel: „*Mir ist Entspannung wichtig.*"

Nicht „*Mir ist es wichtig, abends abzuschalten und Fernsehen zu schauen.*"

2. Bedürfnisse werden positiv ausgedrückt.

Beispiel: „*Ich brauche Ruhe und Zurückgezogenheit.*"

Nicht: „*Ich möchte nicht gestört werden.*"

3. Bedürfnisse sind unabhängig von Zeit- und Ortangaben.

Beispiel: „*Ich brauche Austausch.*"

Nicht: „*Ich möchte dich mindestens einmal am Tag sprechen.*"

4. Bedürfnisse sind unabhängig von der Teilhabe anderer Menschen.

Beispiel: „*Ich brauche Hilfe und Unterstützung.*"

Nicht: „*Ich möchte, dass du mir hilfst und mich unterstützt.*"

Schritt 4: Formulieren Sie eine klare Bitte.

Zum Abschluss äußern wir eine Bitte, die sich an unseren Gesprächspartner richtet. Im Gegensatz zu

Wünschen, die sich eher auf Situationen oder Zustände in der Zukunft beziehen, erfragen Bitten ein Verhalten in der Gegenwart.

1. Eine Bitte bezieht sich auf eine zeitnahe Handlung, nicht auf das Sein der anderen Person.

Beispiel: *„Wärest du bereit, deine Jacke ab morgen aufzuhängen?"*

Nicht: *„Könntest du bitte etwas achtsamer sein?"*

2. Eine Bitte ist konkret und präzise, nicht vage und diffus.

Beispiel: *„Wärest du bereit, deine Jacke ab morgen aufzuhängen?"*

Nicht: *„Wärest du bereits, dein Zeug besser im Griff zu haben?"*

3. Eine Bitte ist positiv formuliert.

Beispiel: *„Könntest du bitte etwas mehr Abstand halten?"*

Nicht: *„Fahr nicht so dicht auf!"*

4. Eine Bitte ist keine Forderung, sondern verhandelbar. Die andere Person darf „Nein" sagen. Das bedeutet auch nicht automatisch das Ende der Kommunikation. Sie dürfen die andere Person nach ihren Beweggründen fragen.

Das Geheimnis - Die Bedürfnisse von Kindern verstehen

Wie Säuglinge Bedürfnisse äußern

Bedürfnisse zu haben, ist uns allen gemein. Erwachsene sind im Normalfall in der Lage, ihre Bedürfnisse sprachlich zu artikulieren und eigenständig dafür zu sorgen, dass sie erfüllt werden. Säuglinge und Kinder sind für die Erfüllung ihrer Bedürfnisse ganz wesentlich von ihren Bezugspersonen abhängig. Wenn Kinder erleben, dass ihre Bedürfnisse wahrgenommen und gestillt werden, entwickelt sich in ihnen ein stabiles Urvertrauen.

Sie lernen, sich selbst, den anderen und dem Leben zu vertrauen. Sie empfinden dadurch in ihrem Körper, dass sie und ihre Bedürfnisse okay sind und dass sie willkommen sind. Aus diesem Grund ist es elementar, dass Eltern ab dem ersten Tag der Geburt versuchen, die Signale ihres Neugeborenen empathisch aufzunehmen und zu deuten.

Wie äußert ein Säugling seine Bedürfnisse? Ein Säugling schreit. Es verfügt noch nicht über die Fähigkeit, sich sprachlich mitzuteilen. Fängt unser

Säugling an zu schreien, nehmen wir es ganz instinktiv auf den Arm und versuchen herauszufinden, was unser Kind bewegt. Ist es müde? Hat es Durst? Hat es Hunger? Braucht es Abwechslung? Möchte es geschmust werden?

Dieses liebevolle Mitgefühl, das wir unserem neugeborenen Kind widmen, verdeutlicht auf wunderschöne Weise den Kern der gewaltfreien Kommunikation. Als Elternteil möchten wir von Herzen zu dem Leben unseres Kindes beitragen.

Wir möchten, dass es ihm gut geht und es immer das Gefühl hat, seine Bedürfnisse zeigen zu dürfen. Diese Haltung können wir auch älteren Kindern und Erwachsenen entgegenbringen.

Welche Strategien stehen kleinen Kindern zur Verfügung?

Beispiel

Die dreijährige Julia und ihre Mutter gehen in den Keller, um so wie immer gemeinsam Wäsche zu machen. Im Keller entdeckt Julia einen Ball in der Ecke. Sie fängt freudig an, mit dem Ball zu spielen. Ihre Mutter denkt sich nichts dabei und füllt die Wäschetrommel. Als Julia hört, wie die Mutter die Tür der Waschmaschine zuschließt, dreht sie sich mit aufgerissen Augen um. Sie rennt zu ihrer Mutter und ruft laut: „Ich, ich, ich!". Julias Mutter mag es nicht, wenn Julia so laut wird und ignoriert sie. Als das kleine Mädchen sieht, wie ihre Mutter das Waschpulver einschüttet, fängt Julia laut an zu weinen. Sie ist außer sich vor Verzweiflung. Sie wollte so gerne das Waschpulver einschütten. Sie fühlt sich traurig, machtlos und unbedeutend.

In dem Beispiel wird deutlich, dass Julias Bedürfnis, wahrgenommen zu werden und eine Aufgabe übernehmen zu dürfen, verletzt worden ist. Die Strategie, die sie gewählt hat, um ihren Wunsch auszudrücken, war es, laut „Ich, ich, ich!" zu rufen. Weil ihre Mutter es nicht gerne mag, wenn Julia so impulsiv und laut wird, hat sie sie für diesen Moment jedoch ignoriert. Wäre Julias Mutter ihr mit Verständnis und Mitgefühl für das kindliche Verhalten begegnet, hätte sie mit Geduld antworten können: „Julia, ich sehe, dass du schreist, weil du etwas möchtest. Ich erschrecke mich dann. Bitte sprich ruhig mit mir. Worum geht es dir?". Julia hätte vermutlich die Möglichkeit gehabt, ihrer Mutter dann noch einmal in Ruhe deutlich zu machen, dass sie gerne die wichtige Aufgabe des Einfüllens übernehmen würde.

Je älter ein Kind wird, desto öfter werden sich Situationen ergeben, in denen wir als Mutter oder Vater erkennen, dass unser Kind eine eigenständige Persönlichkeit hat und ein Gefühl für sein Selbst entwickelt. Wir können dann beobachten, dass unser Kind nicht nur einen eigenen Willen hat, sondern diesen auch durchsetzen möchte. Dies ist gut und richtig und fördert das Selbstwertgefühl unseres Kindes.

Allerdings sind kleine Kinder noch dabei zu lernen und zu erproben, wie sie für ihre eigenen Bedürfnisse und Interessen eintreten können, ohne andere dabei zu verletzen. Weil es einem kleinen Kind noch schwerfällt, seine Gefühle oder gar seine Bedürfnisse mit Worten zu benennen, drückt es diese in erster Linie durch seine Mimik, Gestik, Bewegungen und seinem Verhalten aus. Kinder sind in diesem Hinblick noch sehr unbefangen. Das heißt: Auch wenn es unserem Kind selbst nicht bewusst ist, so sind all die Verhaltensweisen, die es an den Tag legt, letztlich eine ständige Kommunikation seiner Bedürfnisse. Ist unser Kind glücklich, voller Energie und ausgeglichen, sind seine Bedürfnisse mit hoher Wahrscheinlichkeit erfüllt. Quengelt und weint unser Kind, dann tut es dies, weil ihm irgendwie unwohl ist. Es sehnt sich vielleicht nach Ruhe, Bewegung oder ganz einfach nur danach, gesehen und verstanden zu werden. Wird unser Kind frustriert, trotzig oder gar aggressiv, sehnt es sich vielleicht danach, aktiv teilzunehmen und eine eigene Entscheidung treffen zu dürfen. Oder sein Bedürfnis nach Rücksichtnahme wurde verletzt. Kommt uns unser Kind körperlich nahe, verstehen wir intuitiv, dass es sich nach Bindung und Zuneigung sehnt.

Haut und tritt unser Kind, ist das vielleicht ein Versuch zu zeigen, dass seine Grenzen nicht beachtet worden sind, es sich ärgert oder sich mit seinen eigenen Emotionen überfordert fühlt. Was genau kleine Kinder durch ihr Verhalten auszudrücken versuchen, ist für jedes Kind und auch für jede Situation individuell verschieden. Es gibt hier keine Schablonen, an denen wir uns orientieren können. Die gewaltfreie Kommunikation ermutigt uns Eltern, präsent zu sein und unser Kind wahrzunehmen. Seien Sie da. Was verrät seine Körpersprache? Welche Energie strahlt Ihr Kind aus? Im Gespräch mit Ihrem Kind werden Sie gemeinsam herausfinden, was es gerade wirklich braucht.

Wenn Ihr Kind ausrastet, sehen Sie es mit mitfühlenden Augen. Sein Verhalten ist immer ein Versuch, Ihnen etwas mitzuteilen und ein Beweis dafür, dass Ihr Kind Ihnen vertraut. Es hat das tiefe Urvertrauen, dass es von Ihnen das bekommen wird, was es braucht. Es vertraut darauf, dass es seine Bedürfnisse mit den für ihn zur Verfügung stehenden besten Strategien „kommunizieren" darf. Bei Ihnen darf es sein, wie es ist, auch wenn es mit der Zeit lernen wird, dass bestimmte Strategien andere Menschen verletzen und nicht in Ordnung sind.

Bedürfnisse erkennen und anerkennend spiegeln

Die Bedürfnisse von Kindern sind nicht immer gleich, sondern verändern sich im Laufe des Älterwerdens. Während in den ersten zwei Jahren vor allem die Bedürfnisse nach Bindung und Nähe im Vordergrund stehen, werden die Bedürfnisse nach Autonomie und Selbstständigkeit immer stärker. Gestützt von dem Gefühl, eine sichere Bindung zu ihren Eltern und ihre Rückendeckung zu haben, fangen kleine Kinder an, mit einem natürlichen Erkundungsdrang ihre Umwelt zu entdecken. Kinder lernen, sich fortzubewegen und zu sprechen. Kommen sie in den Kindergarten, bauen sie eigenständig neue Beziehungen zu anderen Menschen auf.

Bedürfnisse verstecken sich oft hinter Gefühlen. Bin ich müde, habe ich das Bedürfnis nach Schlaf. Bin ich energielos und einsam, habe ich das Bedürfnis nach Zuneigung und Nähe. Bin ich wütend, habe ich das Bedürfnis, Grenzen zu setzen. Um Bedürfnisse zu identifizieren, ist es daher nötig, die eigenen Gefühle richtig deuten zu können. Das fällt Kindern oft noch schwer. Nicht selten werden sie von ihren Gefühlen überwältigt. Sie haben starke körperliche Reaktionen, wissen aber nicht, wie sie diese in einer Interaktion mit anderen sprachlich oder mimisch ausdrücken können. Manchmal fällt es ihnen auch schwer, den emotionalen Ausdrucks ihres Gegenübers richtig zu erkennen. Und noch weniger können sie mentalisieren, was sie gerade brauchen oder was der andere gerade braucht. Ihre emotionale Kompetenz ist noch in der Entwicklung.

Wie können kleine Kinder lernen, die Gefühle, die in ihnen ausgelöst werden und die Bedürfnisse, die dahinterstehen, zu benennen und angemessen zu regulieren? Es ist in erster Linie die Aufgabe der Eltern und Bezugspersonen, sie dabei zu begleiten. Förderlich ist eine mit Gefühlswörtern angereicherte Sprache in der Familie. Befunde aus der Entwicklungsforschung zeigen: Je öfter Gefühle und Bedürfnisse in Familien benannt werden, desto normaler und einfacher wird es für die Kinder, ihre emotionalen Erlebnisse zu reflektieren. [4] Wie können Sie das in drei einfachen Schritten umsetzen?

Beispiel

Tom und sein Vater spielen zusammen Memory. Kurz vor Ende realisiert der sechsjährige Tom, dass er abermals verlieren wird. Er wird immer angespannter und sagt bestimmt: "Ich habe keine Lust mehr!". Mit einer wütenden und wilden Handbewegung fegt er die Karten vom Tisch und läuft weinend aus dem Zimmer. Später bittet sein Vater ihn um ein Gespräch. Er sagt: „Tom, ich habe gesehen,

---

[4] Wiedebusch, S., Petermann, F. (2011): Förderung sozial-emotionaler Kompetenz in der frühen Kindheit. Kindheit und Entwicklung. Göttingen: Hogrefe Verlag.

dass du richtig wütend und sauer warst. Du möchtest auch mal das Gefühl haben, etwas gut zu können und zu gewinnen. Was könnten wir beide jetzt machen, worin du richtig gut bist?"

In diesem Gespräch hat der Vater seinem Sohn dabei geholfen, das Gefühl hinter seinem körperlichen Empfinden zu benennen. Sein Sohn hat dadurch verschiedene Dinge gelernt. Er weiß jetzt, wie sich Wut und Ärger anfühlen. Er weiß, dass diese Gefühle okay sind. Und außerdem hat er gelernt, dass hinter Wut der Wunsch stecken könnte, auch gut zu sein und nicht versagen zu wollen. Es sind die Bedürfnisse nach Selbstwirksamkeit und Anerkennung. Gemeinsam mit seinem Vater kann Tom sich nach passenden Alternativen umschauen, um dieses Bedürfnis nach Selbstwirksamkeit zu erleben. Tom geht mit dem Vertrauen aus der Situation, dass es Lösungen für seine Gefühle gibt.

Wäre es eine Option, Tom gewinnen zu lassen? Natürlich. Doch der Lerneffekt für seine persönliche Entwicklung würde ausbleiben. Durch Wettbewerbsspiele üben Kinder auf spielerische Weise, mit Misserfolgen umzugehen. Kinder können das von Natur aus schon ganz gut. Sie probieren ein und dieselbe Sache immer wieder, bis es ihnen gelingt. Wir müssen unser Kind in der Hinsicht also nicht beschützen. Im Gegenteil: Wenn wir unser Kind verlieren lassen, tun wir ihm etwas Gutes. Wir bieten ihm im Spiel die Gelegenheit, das

Vermögen, seinen Frust auszuhalten, zu trainieren. Mit der Zeit lernt ein Kind, dass es für ihn selbst von Vorteil ist, wenn es in der Lage ist, ein guter Verlierer zu sein. Andere erklären sich eher bereit mitzuspielen und das Spiel selbst macht mehr Spaß. Mit einer gesunden Frustrationstoleranz wird unser Kind auch Enttäuschungen, Kränkungen und Verlustsituationen, die das spätere Leben mit sich bringt, besser wegstecken können, ohne starke Selbstzweifel zu hegen oder aggressiv zu werden.

Bedürfnisse spiegeln Schritt für Schritt

- **Gefühle Ihres Kindes wahrnehmen:** Nehmen Sie wahr, welches Gefühl Ihr Kind gerade durchlebt. Sagen Sie ihm:

„Ich sehe, du bist traurig, unglücklich, ängstlich, besorgt, aufgeregt, überrascht..."

- **Das Bedürfnis dahinter erkennen**: Formulieren Sie klar und präzise, welches Bedürfnis dahintersteckt. Beispielsweise:

„Du möchtest gefragt werden, ob du dein Spielzeug teilst."

„Du möchtest auch mitspielen."

„Du möchtest dich groß fühlen und wie ein Erwachsener vorne sitzen."

„Du möchtest geliebt werden, so wie du bist."

- **Verständnis zeigen und Ihrem Kind dabei helfen, das Bedürfnis zu erfüllen**: Stellen Sie Fragen, die Ihrem Kind dabei helfen, eine passende Bewältigungsstrategie zu finden, die andere nicht verletzt:

„Soll ich dir helfen, die anderen zu fragen, ob du mitspielen darfst?“, „Wenn wir zurück nach Hause kommen, können wir noch ein wenig Autofahren spielen.“

Kinder, besonders jüngere, verstehen die abstrakten Begriffe von Bedürfnissen noch nicht. Um auf die Schliche zu kommen, worum es ihnen geht, sollten wir als Erwachsene kindgerechte Formulierungen von Bedürfnissen nutzen. Zum Beispiel fragen wir nicht „Brauchst du Wertschätzung?“, sondern „Ist es dir wichtig, dass andere merken, wie wichtig du für sie bist?“.

Weitere Beispiele für die kindgerechte Formulierung von Bedürfnissen:

Wenn es um Autonomie/Selbstbestimmtheit geht:

- *… Ist dir wichtig, dass du selbst entscheiden/sagen/tun kannst?*
- *… Ist dir wichtig, dass du gefragt wirst, bevor…?*

Wenn es um Integrität/Stimmigkeit mit sich selbst geht:

- *... Ist dir wichtig, dass alle sehen, was dir wichtig ist?*
- *...Ist dir wichtig, dass du zeigst, wer du bist?*

Wenn es um Mitgefühl/Verständnis geht:

- *...Ist dir wichtig, dass andere sehen, wie es dir geht und was du brauchst?*

Wenn es um Spiel/Erholung geht:

- *...Ist dir wichtig, dass du Zeit hast, in der du tun und lassen kannst, was du willst?*

Wenn es um Sicherheit/Beständigkeit geht:

- *...Ist dir wichtig, darauf zählen zu können, dass es beim nächsten Mal wieder so ist?*
- *...Ist dir wichtig zu vertrauen, dass dir nichts passiert?*

Wenn es um Beitrag, Kompetenz und Entwicklung geht:

- *...Ist dir wichtig, zu zeigen, was du kannst?*
- *...Ist dir wichtig, hier mitzuhelfen, zu teilen?*

Wenn es um Verbindung/Zugehörigkeit geht:

- *...Ist dir wichtig zu spüren, dass du dazugehörst/, dass jemand zu dir hält?*
- *...Ist dir wichtig, zu spüren, dass du jemandem nahe bist/, dass dich jemand mag?*

Die Trotzphase - Grenzen setzen mit Gfk

Beispiel

Die dreijährige Carla ist mit ihren Geschwistern und ihrer Mutter auf dem Spielplatz. Es fängt an zu nieseln. „Noch dreimal Rutschen, dann gehen wir nach Hause“, erklärt ihre Mutter. Carla dreht ihren Kopf weg und rutscht die Rutsche runter. Nach dem dritten Mal sagt ihre Mutter: „Das waren dreimal. Bitte komm jetzt mit. Die anderen warten schon.“ Carla will aber nicht. Hastig klettert sie nochmal die Leiter hoch. „Carla“, sagt ihre Mutter verschärft. „Nein“, antwortet ihre Tochter. Unten angekommen greift ihre Mutter sie am Arm. „Nein!“, schreit Carla und wird wütend. Sie fängt an, um sich zu treten und sich auf dem Boden zu wälzen. „Ich möchte nicht nach Hause. Ich bleibe hier!“ Die anderen Eltern werfen ihnen schon einen Blick zu. Carla kreischt und kreischt. Ihre Mutter ist kurz davor, nachzugeben.

Kinder im Alter von zwei bis sechs Jahren sind dabei herauszufinden, was sie können und dürfen und was nicht. Ärgern sie sich darüber, dass sie an ihre eigenen oder unsere Grenzen stoßen, kann das in kleinen und größeren Wutanfällen ausarten. Das Kind möchte seinen Willen! Es ist ein ganz natürlicher Prozess, dass sich Kinder von ihren

Eltern abgrenzen wollen, um das Gefühl ihrer eigenen Autonomie zu stärken. Aber auch wir als Eltern dürfen ganz klare Grenzen setzen. Dadurch helfen wir unserem Kind sogar ein „Das will ich." und „Das bin ich." von einem „Das wollen Mama und Papa." und „Das sind Mama und Papa." zu unterscheiden. Unser Kind erkennt sozusagen nach und nach, dass es eine eigene Person mit eigenständigen Gedanken, Gefühlen und Handlungen ist. Es bildet seine eigene Identität und löst sich aus der Symbiose zu seinen Bezugspersonen, in der es sich größtenteils nach der Geburt gefühlt hat. Es erkennt auch, dass seine Mama und sein Papa eigenständige Personen mit eigenen Überzeugungen und Vorstellungen sind.

Dadurch dass unser Kind zwischen seiner Eigenständigkeit und der Abhängigkeit zu uns schwankt, durchlebt es zum ersten Mal gemischte Gefühle. Einerseits möchte es etwas ganz selbstständig entscheiden oder tun und gleichzeitig spürt es, dass es das noch nicht kann oder darf. Es ist immer noch von unserer Nähe abhängig. Dieses Gefühlschaos überfordert das Kind. Durch liebevolle Zuwendung und konsequenter Einhaltung unserer Entscheidungen geben wir unserem Kind in diesem emotionalen Hin und Her einen äußeren Halt. So kann sich ein Kind zwar ohnmächtig und fremdbestimmt fühlen, wenn es von seiner Mutter auf den Arm genommen und vom Spielplatz weggetragen wird. Sein Autonomiebedürfnis ist gestört. Innerlich spürt es aber, dass sich seine Mutter an ihr Wort hält und es in seinem Unvermögen, die eigenen Emotionen zu regulieren, auffängt. Durch äußeren Halt können wir unserem Kind einen inneren Halt geben.

Wenn Kinder sich selbst behaupten wollen, können Eltern entweder schnell verunsichert werden oder dazu verleitet werden, in einen Machtkampf mit ihrem Kind zu treten. Fühlen wir uns durch das Verhalten unseres Kindes verunsichert und hilflos, geben wir aus dem Wunsch nach Harmonie und Verbindung oftmals seinem Willen nach: „Na gut, dann bleiben wir noch auf dem Spielplatz.“ Die Ablehnung, die wir von Seiten unseres Kindes spüren, wenn wir standhaft bleiben, kann für uns sehr schmerzhaft sein. Besonders, wenn wir selbst unsicher mit uns selbst sind. Mitunter steigt in uns selbst dann das Gefühl auf, als würden wir unserem Kind gerade etwas sehr Schlimmes antun.

Um dieses Gefühl um jeden Preis zu vermeiden, verhalten wir uns inkonsequent. Ist es uns als Eltern dagegen selber wichtig, uns selbst zu behaupten, fühlen wir uns durch das Verhalten unseres Kindes schnell angegriffen: „Ich werde mir von dir doch nicht vorschreiben lassen, wo es langgeht.“ Situationen drohen zu eskalieren.

In der Theorie der gewaltfreien Kommunikation sind Verunsicherungen und Machtkämpfe bei Trotzanfällen nicht nötig. Wir können mit Empathie auf den Wutanfall unseres Kindes eingehen, indem wir gleichzeitig Verständnis für das Bedürfnis nach Autonomie zeigen, aber konsequent bei unserer Abmachung oder Regel bleiben. Ist unser Kind in seiner Wut gefangen, heißt es, die Emotion erst einmal auszuhalten, bis es sich etwas beruhigt hat. Bleiben Sie ruhig und im Mitgefühl. Solche Situationen sind nicht unbedingt angenehm, aber eine wunderbare Lernerfahrung.

Wir dürfen in diesen Momenten für unser Kind da sein. Beugen Sie sich zu Ihrem Kind runter und zeigen Sie ihm Ihre körperliche Präsenz. Es muss seine Emotionen, für das es noch kaum Bewältigungsstrategien besitzt, nicht alleine durchstehen. Ist Ihr Kind wieder ruhiger und ansprechbar, führen Sie ein Gespräch, das auf den Säulen der gewaltfreien Kommunikation aufbaut. Damit helfen Sie Ihrem Kind, seine inneren Vorgänge in Situationen des Frustes und des Unmutes zu reflektieren. Es lernt, diese auch bei anderen zu verstehen.

Wie könnte ein solches Gespräch nach Trotzanfällen im Sinne der gewaltfreien Kommunikation aussehen? Reflektieren Sie für Ihr Kind die vorausgegangene Situation. Die Reihenfolge der einzelnen Schritte darf variieren. So können Sie beispielsweise die Bitte, die Ihr Kind hatte, auch an den Anfang stellen.

GFK bei Trotzanfällen Schritt für Schritt

Beobachtung – Beschreiben Sie, was Ihr Kind beobachtet haben mag.

- *„Du hast gehört, dass ich darum gebeten habe, mit nach Hause zu gehen."*

Gefühl - Verbalisieren Sie, was Ihr Kind gefühlt haben mag.

- *„Du bist wütend, weil du aber noch bleiben und spielen wolltest. Das verstehe ich."*

Bedürfnis - Formulieren Sie das Bedürfnis dahinter.

- *„Du möchtest viel lieber selbst entscheiden, wann du nach Hause gehst."*

Bitte - Kinder sind oftmals nicht dazu fähig, klare Bitten zu formulieren. Trotzdem zeigen sie durch ihr Verhalten, worum sie eigentlich bitten.

- *„Du möchtest, dass ich dich weiterspielen lasse."*

Ihr Kind fühlt sich nun in seinem Erleben gesehen. Egal, ob es nun Ihre weiteren Erklärungen einsehen wird oder nicht, Sie haben Ihre Pflicht erfüllt, ihm und seinem Bedürfnis mit Respekt zu begegnen. Es lernt, dass es mit seinem Bedürfnis willkommen ist.

Und es lernt, dass es mit der Überflutung von Emotionen nicht allein gelassen wird. Auch mit seinem Groll, Ärger und Frust über sein „Nicht-Können" wird es bedingungslos geliebt. Wichtig ist, dass Sie bei Ihrem „Nein" beziehungsweise Ihrer Abmachung bleiben. Erklären Sie die Situation danach auch aus Ihrer Sicht.

Beobachtung - *„Ich sehe, dass es anfängt zu regnen und du weiterrutschst."*

Gefühl - *„Ich bin besorgt, ...*

Bedürfnis - *..., weil mir wichtig* ist, dass wir trocken zu Hause ankommen, bevor es anfängt zu regnen (Sicherheit/Schutz). Im Sommer ist das egal, aber im Winter erkältet man sich schnell."

Bitte - „Bitte stehe jetzt auf und komm mit. Wir können zu Hause eine Rutsche aus Kissen bauen."

Es wird Situationen geben, in denen uns keine passenden Lösungsstrategien einfallen werden, um sowohl unser eigenes Bedürfnis als auch das unseres Kindes zu nähren. In diesem Fall können wir unser Bedauern zum Ausdruck bringen: „Du möchtest unbedingt weiterspielen, Spaß und Abenteuer haben. Das verstehe ich. Ich brauche aber die Sicherheit, dass wir trocken und warm zu Hause ankommen. Ich weiß gerade nicht, wie wir das machen können. Das ist schade!"

Wenn wir als Elternteil bedauern, keine passende Lösung für uns und unser Kind finden zu können, bedeutet das nicht, dass wir nichts an der Situation ändern. Haben wir die innere Klarheit, was gerade im Interesse für uns und unser Kind richtig ist, dürfen wir konsequent bleiben. Wir haben die Möglichkeit, unsere klare Bitte zu wiederholen: „Bitte stehe jetzt auf und komm mit." Merken wir, dass unsere Bitte nicht bejaht wird, können wir eine schützende Macht anwenden. Im Gegenzug zur strafenden Macht agieren wir bei der schützenden Macht im Interesse für das Wohl des Kindes und des Zusammenlebens. Sie sollte sehr bedacht verwendet werden und vor allem dann, wenn Grenzen in Gefahr sind und dem Kind Konsequenzen drohen, die es aus seiner eigenen Erfahrung nicht überblicken kann.

Es versteht noch nicht, dass es sich in der Nässe leichter erkälten kann. Wir können also unser Kind auf den Arm nehmen und uns gemeinsam vom Spielplatz entfernen. Hierbei ist es wichtig, die aufkommende Wut über die verlorene Autonomie und andere negative Emotionen unseres Kindes nicht zu beschwichtigen, indem wir etwa sagen: „Ist doch gar nicht so schlimm." Stattdessen bleiben wir bei unserem Kind, fangen seine Emotionen auf und sagen mitfühlend: „Du bist ganz traurig, weil du weiterspielen wolltest. Du möchtest selbst entscheiden." Im Anschluss unterstreichen wir unser eigenes Bedürfnis: „Ich möchte, dass wir alle gesund bleiben." So spürt unser Kind auch, dass es nicht unsere Absicht ist, Macht über es auszuüben. Es versteht, dass wir aus dem Bedürfnis für den Schutz unserer Gesundheit handeln.

Gewaltfreie Kommunikation ganz praktisch

Die vier Säulen der GfK – Vom Kindergartenkind hin zum Jugendlichen

Worin unterscheidet sich die gewaltfreie Kommunikation im Umgang mit Kleinkindern und mit Jugendlichen?

Kleine Kinder haben andere Probleme als junge Heranwachsende, das ist klar. Für sie kann es durchaus schon einmal das Ende der Welt bedeuten, wenn sie abends nicht mehr die Flasche Milch als Brücke in den Schlaf bekommen. Ihr Bedürfnis nach Beständigkeit und Schutz ist verletzt. Darüber kann ein Jugendlicher nur lächeln. Jüngere Kinder sind außerdem ungehemmter in ihren Emotionen. Wenn sie nicht zufrieden sind oder untereinander streiten, laufen schneller einmal die Tränen, sie werden laut oder kündigen sich gegenseitig die Freundschaft.

Als Eltern und Erzieher jüngerer Kinder nutzen wir die vier Schritte der gewaltfreien Kommunikation vor allem dafür, ihr Vermögen der Selbstreflexion zu schulen und sie in ihren Emotionen zu begleiten. „Schau mal, du weinst (Beobachtung). Bist du ganz traurig (Gefühl)?“ Wenn das Kind mit „Ja“ antwortet oder nickt, gehen wir auf die Bedürfnisse ein: „Kann es sein, dass du so wie immer deine Flasche haben willst? Du möchtest, dass du darauf zählen kannst, was passiert?“ (Bedürfnis). Wenn wir den Eindruck haben, dass wir unser Kind abgeholt haben, können wir unserem Kind zeigen, dass wir es verstehen: „Ich mag das manchmal auch nicht so gerne, wenn ich etwas verändern soll.“ Zusammen mit unserem Kind können wir uns eine andere Strategie für Beständigkeit und Schutz ausdenken: „Guck mal, wie wäre es, wenn wir jetzt jeden Abend dein Schmusetier einladen. Der erzählt dir eine Gute-Nacht-Geschichte und möchte danach so gerne in deinem Arm einschlafen.“

Je älter ein Kind wird, desto mehr ist es in der Lage, seine eigenen Gefühle, Bedürfnisse und Bitten zu äußern. Im Umgang mit Jugendlichen hilft uns die gewaltfreie Kommunikation also besonders bei Auseinandersetzungen oder Problemthemen. Sie hilft uns aber auch, mit Jugendlichen zu sprechen, ohne dass sie „dicht machen“. Jugendliche geraten oft dann in Konflikte mit ihren Eltern, wenn diese denken, dass sie ihrem Kind nicht mehr ausreichend vertrauen können.

Da bringt der Sohn plötzlich die Nachricht aus der Schule mit nach Hause, dass er wahrscheinlich zum zweiten Mal nicht versetzt werde. Seine

Lehrer empfehlen ihm, das Schuljahr zu wiederholen und seine Noten zu verbessern (Beobachtung).

Als Eltern sind wir dann erschüttert und irritiert, aber auch besorgt (Gefühl).

Uns ist es wichtig, dass unser Kind in der Lage ist, Verantwortung für sich selbst und sein Leben übernehmen zu können (Bedürfnis). Anstatt aber im Ernstfall mit Vorwürfen und rigorosen Maßnahmen zu reagieren, können wir versuchen wahrzunehmen, wie unser Kind sich selbst in dieser Situation fühlt: „Ich möchte verstehen, wie du dich fühlst, nachdem du das jetzt weißt. Wärst du bereit, es mir zu sagen?“ (Bitte).

Zusammen mit unserem Kind können wir herausfinden, was es braucht und welche Lösungsstrategien es zur Auswahl hat.

Praxiskurs

„Ich bleibe bei mir“ – Ich-Botschaften senden und die eigene Beobachtung mitteilen

Sind wir in einer Streitsituation in Rage, passiert es uns leicht, dass wir unseren Fokus auf den anderen richten. Wir möchten unseren Unmut loswerden und lassen uns dazu hinreißen, unserem Gegenüber Sachen an den Kopf zu werfen und ihm zu sagen, wie er ist. „Du bist schon wieder zu spät nach Hause gekommen, du bist so unzuverlässig!“,

„Kannst du nicht einmal deinen Teller in die Spülmaschine räumen, du bist so faul!“, „Beruhige dich und sei endlich leise, musst du so anstrengend sein?“ Sätze wie diese stoßen auf Widerstand. Die angegriffene Person fühlt sich in ihrem Selbstwertgefühl verletzt, respektlos behandelt und gedemütigt. Die Bereitschaft, Verständnis zu zeigen oder zu kooperieren, sinkt. Vermutlich wird sie sich sogar mit einer Konfrontation wehren oder sich verletzt zurückziehen. Eine nachhaltige Lösung wurde für keine der Seiten gefunden. Wie können Ich-Botschaften hier weiterhelfen? Und was sind Ich-Botschaften überhaupt?

Vereinfacht gesagt: Ich-Botschaften sind Offenbarungen. Mit einer Ich-Botschaft drücke ich aus, was ich beobachte, was ich fühle und was ich brauche. Das gibt meinem Gegenüber den Raum, Verständnis für das, was gerade in mir lebt, aufzubringen. Es wird für uns beide einfacher, uns auf Kompromisse zu einigen. Der Grundsatz hinter Ich-Botschaften ist, dass ich mit mir selbst in Verbindung bleibe und für das, was in mir ausgelöst wird, Verantwortung übernehme. Die Verantwortung über die eigene Gefühlslage und Bedürfnisse zu übernehmen, birgt auch einen anderen Vorteil. Wenn ich mit mir selbst im Klaren bin, kann ich Du-Botschaften, die mir eventuell vorgeworfen werden, viel besser von mir abgrenzen und im Frieden bleiben.

Auch in der Beziehung zu unseren Kindern sind Ich-Botschaften wertvoll. Fühlen Sie sich dazu inspiriert, Ihr gewöhnliches Sprachmuster einmal zu überprüfen. Jedes Mal, wenn Sie einen Impuls verspüren, eine Botschaft senden zu wollen, die möglicherweise mit „Du bist..." beginnt, halten Sie inne. Sagen Sie sich im Geiste: „Stopp. Ich bleibe bei mir." Nehmen Sie sich diesen kurzen Moment, um erst einmal in sich selbst hinein zu spüren. Nehmen Sie wahr, was sich in Ihnen gerade regt. Werfen Sie, besonders in kritischen Situationen, einen Blick nach innen. Was fühle ich gerade? Was brauche ich? Mit einer Ich-Botschaft können Sie Ihrem Kind dann offen mitteilen, was Sie bewegt. Sie sagen ganz neutral, was Sie beobachtet haben und drücken Ihre eigenen Gefühle und Bedürfnisse aus. „Ich habe heute drei Stunden auf dich gewartet, ohne zu wissen, wo du bist. Ich habe mir Sorgen gemacht. Ich würde mir wünschen, dass du mir beim nächsten Mal vorher Bescheid gibst." „Ich sehe, dass die Teller auf dem Tisch stehen. Ich fühle mich damit nicht wohl. Mir sind Ordnung und Hygiene wichtig."

Indem Sie Ihrem Kind vorleben, in Ich-Botschaften zu sprechen, wird sich auch Ihr Kind diese Form der Kommunikation zu eigen machen. Anstatt Ihnen also trotzig vorzuwerfen „Du bist gemein!", wird es ihm immer leichter fallen, zu sagen, was es selbst gerade durchlebt.

Ich-Botschaften Schritt für Schritt

Sie können Ihre Ich-Botschaften so formulieren, dass Sie sich an den vier Säulen der gewaltfreien Kommunikation orientieren:

Beobachtung – *Wenn ich … sehe/merke/höre/spüre/ beobachte, dass …*

Gefühl – *bin ich… besorgt/verärgert/frustriert/…*

Bedürfnis – *weil mir… Ordnung/Zuverlässigkeit/Rücksichtnahme wichtig ist. Ich brauche die Gewissheit, dass ich mich auf dich verlassen kann. Ich brauche Erholung/Zusammengehörigkeit/Entlastung/…*

Übung: Drücken Sie die folgenden Situationen in Ich-Sätzen aus:

1) **Ihr Kind redet laut auf Sie ein, während Sie ein Telefonat führen. Anstatt „Du bist so laut!"**

Wenn du… laut auf mich einredest, während ich telefoniere,

bin ich… sauer und traurig,

weil mir… wichtig ist, dass das, was ich mache, genauso wichtig ist, wie das, was du machst. (Respekt und Rücksichtnahme).

Bitte… warte darauf, mit mir zu sprechen, bis ich aufgelegt habe.

2) **Ihr Kind geht mit dreckigen Schuhen durch den Flur. Anstatt „Was machst du da schon wieder!"**

Wenn du…

Bin ich…

Weil mir…

Bitte…

3) **Ihr Kind spricht schlecht über ein Geschwisterkind. Anstatt „Das ist nicht mehr lustig. Du bist frech."**

Wenn du…

Bin ich…

Weil mir…

Bitte…

Probleme altersgerecht adressieren

Das wesentliche Merkmal der gewaltfreien Kommunikation ist das Miteinander. Wir möchten unser Kind verstehen lassen, worum es uns geht, und unser Kind möchte uns zu verstehen geben dürfen, worum es ihm geht. So können wir im Miteinander einen Weg finden, mit dem es uns beiden gut geht. Wie kommen wir von Herzen miteinander in Kontakt? Wie können wir Probleme so adressieren, dass unser Kind die Bedürfnisse dahinter verstehen wird?

Kinder nehmen die Welt anders wahr als Erwachsene. Möchten wir unser Kind in seinem Erleben verstehen, ist es hilfreich, die Welt aus Kinderaugen zu sehen. Kinder sind noch sehr unbefangene und sinnreiche Wesen. Sie haben ganz feinfühlige Antennen dafür, was sie mit ihren Sinnesorganen wahrnehmen können. Erwachsenen dagegen ist das körperlich-sinnliche Erleben im Alltag häufig verloren gegangen. Sie reduzieren sich bei der Aufnahme von Informationen vor allem auf das, was sie sehen und hören. Auch die Informationsverarbeitung läuft bei Kindern anders als bei Erwachsenen.

Sie denken, indem sie Informationen in lebendige Bilder umsetzen. Eine nüchterne Aussage wie „Gemüse ist gesund." wird sie nicht unbedingt motivieren, mehr Gemüse zu essen.

Sie wollen wissen, welche Geschichte für sie dahintersteckt. Ob sie zum Beispiel etwas damit werden können, in etwa „stark wie ein Pirat" oder „schön wie eine Prinzessin".

Die blühende Phantasie von Kindern erleichtert es ihnen, außerhalb von Routinen und Konventionen zu denken. Sie sind gerade erst dabei, die Welt zu entdecken und sehen überall Möglichkeiten. Erwachsene denken dagegen häufig eher logisch und geradlinig. Sie wissen, da wo Edding draufsteht, ist ein Stift drin. Da ist eine Mine drin und damit beschriften wir Papier. Für Kinder könnte ein Edding aber sowohl ein Stift als auch eine Rakete sein. Auch das Zeitbewusstsein von Kindern unterscheidet sich von dem Erwachsener. Kleine Kinder verfügen noch nicht über weit entwickelte Vorstellungen von zeitlicher Dauer. Sie leben primär im Tagdenken.

Aus dem Grund ist ihnen auch die Tragweite ihres Handelns nicht immer gleichermaßen bewusst wie uns. Zähneputzen ist dann manchmal überwertet. Was macht es schon für einen Unterschied, ob ich mir heute die Zähne putze oder nicht?

Wir als Erwachsene wissen um die langfristigen Folgen, unseren Kindern können wir sie mittels Geschichten spielerisch erklären. Das sind nur ein paar wenige Beispiele, die zeigen, dass unser Kind die Welt anders wahrnimmt.

Das zu verstehen wird Ihnen dabei helfen, schwierige Situationen verständlich zu beschreiben. Sprechen Sie mit vielen Bildern, Metaphern und Gefühlen. Nutzen Sie besonders bei kleinen Kindern kurze und wenige Sätze und kindgerechte Formulierungen.

In der gewaltfreien Kommunikation gehen wir davon aus, dass es für ein Problem eine Lösung gibt. Wenn wir unserem Kind also ein Problem erklären wollen, sollten wir dies auf eine möglichst anschauliche und für das Kind begreifbare Art und Weise tun. Wir wollen ja, dass unser Kind unser Anliegen wirklich versteht. Denn nur wenn wir ihm die Chance geben, uns überhaupt zu verstehen, können wir erwarten, dass es aus seiner einfühlsamen Natur handeln wird.

Es wird einen Moment nachdenken und vielleicht in seinem Inneren ringen, aber letztlich irgendwie wollen, zum Wohl aller beizutragen, solange auch seine Bedürfnisse berücksichtigt werden. Eine wunderbare Idee, jüngeren Kindern unsere Probleme verständlich zu kommunizieren, stammt aus dem Buch „Ich will verstehen, was du wirklich brauchst" von Gundi und Frank Gaschler. [5] Hierzu unterstreichen wir im Gespräch mit unserem Kind die vier Schritte der gewaltfreien Kommunikation durch bestimmte Handbewegungen.

GFK Zeichensprache – Schritt für Schritt

Beobachtung – Formen Sie mit Zeigefinger und Daumen ein halbes Rechteck, so als würden Sie einen Fotoapparat in der Hand halten. Schauen Sie durch die Linse Ihres imaginären Fotoapparats und

---

[5] Gaschler, F., Gaschler, G. (2007): Ich will verstehen, was du wirklich brauchst. Gewaltfreie Kommunikation mit Kindern. Das Projekt Giraffentraum. München: Kösel-Verlag.

sagen Sie, was Sie beobachtet haben, zum Beispiel: *„Ich habe gesehen, dass du deine Schwester nicht mitspielen lässt."*

Gefühl – Legen Sie die Hand auf Ihr Herz und benennen Sie Ihr Gefühl. *„Ich bin traurig.", „Ich bin enttäuscht."*

Wichtig ist, dass das Gefühl zum Bedürfnis leitet und nicht mit der Beobachtung verknüpft wird. Sagen Sie: „Ich bin traurig, weil mir wichtig ist, dass wir in der Familie zusammenhalten und alle dazugehören." Nicht: „Ich bin traurig, weil ich gesehen habe, dass du deine Schwester nicht mitspielen lässt."

Bedürfnis – Legen Sie eine oder beide Hände auf Ihren Bauch und formulieren Sie Ihr Bedürfnis so, dass Ihr Kind es versteht. Weil abstrakte Begriffe für Kinder schwer zu verstehen sind, nehmen Sie sich gerne die Beispiele für kindgerechte Formulierungen aus dem Kapitel „Bedürfnisse erkennen und anerkennend spiegeln" zu Hilfe.

„Mir ist wichtig, dass wir darauf schauen, dass alle zusammenhalten und dazugehören."

Bitte – Führen Sie nun beide Hände aneinander oder wie eine Schale vor Ihren Bauch. Formulieren Sie Ihre Bitte kurz, positiv und so, dass sie sofort von Ihrem Kind umgesetzt werden kann.

„Wärest du bereit, deine Schwester mitspielen zu lassen, bitte?"

Eigene & fremde Emotionen mit GFK wahrnehmen lernen

Beispiel:

Der 16-jährige Lukas kommt von der Schule nach Hause. Er wirft seinen Rucksack in den Flur und geht in die Küche, um sich eine Cola aus dem Kühlschrank zu nehmen. Seine Mutter sitzt am Tisch und hat einen Teller vom Mittagessen für ihn beiseitegestellt. „Möchtest du nichts essen?", fragt sie. „Ne", antwortet Lukas knapp und atmet laut aus. Sein Körper wirkt angespannt. Lukas Mutter runzelt die Stirn und fragt: „Hast du schlechte Laune oder was ist los?". Ihr Sohn zieht die Augenbrauen hoch und schüttelt verständnislos den Kopf. „Was willst du von mir?", fragt er genervt. Seine Mutter ist beleidigt und gekränkt. „Ich wollte dir nur etwas Gutes!", sagt sie aufgebracht, „Du könntest ja auch einmal dankbar dafür sein, dass sich jemand um dich kümmert".

Sie steht auf, schiebt ihren Stuhl mit einem kräftigen Stoß an den Tisch und verlässt den Raum. Lukas ist sauer und hat gleichzeitig ein schlechtes Gewissen.

In diesem Beispiel wird deutlich: Hier stoßen viele Emotionen aufeinander. Angestaute Anspannung, Ärger, Wut, Stress und Reizbarkeit auf Lukas Seite. Angst, Besorgnis, Irritation, Kränkung und Traurigkeit auf der Seite seiner Mutter. Beide haben außerdem gespürt, wie sich der jeweilig andere gefühlt haben muss. Denn sonst hätte Lukas Mutter nicht gefragt, ob er schlecht gelaunt sei und Lukas hätte kein schlechtes Gewissen gehabt, nachdem seine Mutter geknickt die Küche verlassen hat.

Das Leben ist reich an Emotionen. Emotionen sind ein grundlegender Bestandteil des menschlichen Wesens.

Ohne sie wäre es auch durchaus komplizierter. Denn Emotionen helfen Menschen dabei, Situationen zu bewerten und intuitiv zu handeln. Sie sind sozusagen wie ein innerer Kompass, der uns anzeigt: „Ja, hiermit fühle ich mich wohl." oder „Nein, hiermit fühle ich mich unwohl." Jeder Mensch hat eine eigene Gefühlsdynamik. Unterschiedliche Menschen reagieren in ein und derselben Situation mit unterschiedlichen Gefühlen. Emotionen sind faszinierend und gleichzeitig eines der komplexesten Phänomene der menschlichen Psyche. Was sind Emotionen genau? Wie können Sie lernen, Ihre eigenen Emotionen besser wahrzunehmen? Und wie können Sie die Emotionen anderer besser wahrnehmen?

Die eigenen Emotionen wahrnehmen

Im Grunde sind Emotionen nichts anderes als die Empfindung einer körperlichen Antwort auf ein bestimmtes Ereignis. Macht uns ein Ereignis Angst, beispielweise eine wichtige Präsentation vor einem Kunden, fängt unser Körper an zu schwitzen. Es ist aber nicht die Präsentation, die uns real Angst macht, sondern wir zittern und erleben dann dieses Zittern als unsere Angst. Gefühle können sowohl durch einen äußeren Reiz in uns ausgelöst werden als auch durch eine rein kognitive Erinnerung an ein früheres Ereignis.

In einer Gesellschaft, in der es eher ungewöhnlich ist, Gefühle bewusst wahrzunehmen und auch nach außen zu zeigen, haben einige Menschen den Zugang zu ihren Gefühlen verloren. Viele Erwachsene verstecken oder verdrängen ihre Gefühle. Sie fühlen sich dann auf körperlicher Ebene vielleicht gestresst, erschöpft, ausgelaugt, angespannt oder irgendwie unwohl, können diese Gefühle aber nicht deuten. Auch richtige Schmerzen wie Kopf-, Nacken-, Rücken- oder Bauchschmerzen können psychisch bedingt sein. Der Zugang zu den eigenen Gefühlen kann aber zum Glück jederzeit wieder erlernt werden. Unser Körper funktioniert dabei wie ein Wiedergabegerät unserer Gefühle. Um diese Botschaften aber überhaupt erst wahrnehmen zu können und richtig zu lesen, brauchen wir eine gute

Portion Aufmerksamkeit. Genauso wie beim Anhören eines Musikstückes, können wir uns erst so richtig auf die Musik einlassen, wenn wir unsere Aufmerksamkeit fokussieren.

Probieren Sie einmal aus, im geschäftigen Alltag immer wieder innezuhalten und in Ihren Körper zu spüren. Mit Hilfe kurzer Atemübungen können Sie Achtsamkeit so gut wie überall üben. Es empfiehlt sich jedoch auch sehr, wenn Sie sich bewusst Zeiträume festlegen, in denen Sie bewusst Achtsamkeitsübungen praktizieren wollen. Es reichen schon fünf Minuten nach dem Aufwachen oder vor dem Einschlafen.

Grundsatz ist: Alle Emotionen sind erlaubt. Auch die vermeintlich negativen, die wir lieber nicht fühlen möchten, dürfen gefühlt werden. In der Philosophie der gewaltfreien Kommunikation werden Emotionen nicht in positiv oder negativ eingeteilt, sondern in angenehm und unangenehm. Angenehme Emotionen signalisieren „Bedürfnisse erfüllt", während unangenehme Emotionen auf unerfüllte Bedürfnisse hindeuten. Viele Menschen fürchten sich davor, ihre Gefühle wirklich zu fühlen. Sie fürchten, überwältigt zu werden oder keinen Ausweg mehr zu finden.

Die Wahrheit ist, dass sich die Gefühle meistens recht schnell auflösen, sobald sie angemessen beachtet und akzeptiert worden sind. Werden sie dagegen unterdrückt, stauen sie sich an und erzeugen einen inneren Gegendruck. Außerdem sollten wir uns bewusst sein, dass wir immer dann, wenn wir ein bestimmtes Gefühl nicht zulassen wollen, auch dem Bedürfnis dahinter keine Erlaubnis geben. Das unerfüllte Bedürfnis wird sich jedoch, getriggert von verschiedenen Auslösern, immer wieder melden. Es möchte erfüllt werden. Die Wahrnehmung Ihrer Gefühle wird Ihnen also auch dabei helfen, sich darum zu kümmern, was Sie brauchen. Das wird Ihr Leben langfristig gelassener und zufriedener machen.

Übung: Body Scan & innere Landkarte von Emotionen (ca. 10 Minuten)

Diese Übung wird Ihnen dabei helfen, Ihre Aufmerksamkeit für das, was sich in Ihrem Körper regt, zu schärfen.

Setzen oder legen Sie sich an einen Platz, der Sie für ein paar Minuten ungestört lassen wird. Das kann zum Beispiel abends vor dem Einschlafen oder morgens nach dem Aufwachen in Ihrem Bett sein. Schließen Sie Ihre Augen. Nehmen Sie ein paar tiefe, vollständige Atemzüge. Entspannen Sie sich mit jedem Atemzug. Richten Sie nun Ihre Aufmerksamkeit gedanklich auf Ihre Zehen. Umhüllen Sie diese bildlich mit Ihrer Aufmerksamkeit. Was nehmen Sie dort wahr? Wandern Sie nun weiter zu Ihren Knien. Wie fühlen sie sich an? Nehmen Sie einfach nur wahr und atmen ruhig weiter. Wandern Sie auf diese Weise weiter über Ihre Oberschenkel, Ihre Hüften, Ihren Bauch, Ihren Brustkorb, Ihre Schultern und auch Ihre Arme entlang. Schließlich werden Sie über den Nacken zu Ihrem Gesicht gelangen. Richten Sie auch hier Ihre Aufmerksamkeit auf alle Partien Ihres Gesichts. Ihrem Mund, Ihrer Nase, Ihren Augen und Ihrer Stirn. Seien Sie bei Ihren Körperempfindungen. Nehmen Sie einfach nur wahr, ohne zu urteilen. Umfassen Sie nun mit Ihrem Gewahrsein Ihren ganzen Körper. Lassen Sie die Aufmerksamkeit los und entspannen ein paar Atemzüge, bis Sie bereit sind, Ihre Augen wieder zu öffnen.

Alternativ können Sie Ihre Augen geschlossen halten und in Ihrem inneren Körper eine imaginäre Landkarte entwerfen. Spüren Sie noch einmal nach. Welche Körpergefühle und Emotionen haben Sie an welcher Stelle Ihres Körpers wahrgenommen? Haben Sie zum Beispiel ein warmes, kribbelndes Gefühl der Zufriedenheit gespürt? Platzieren Sie es dort, wo Sie es gespürt haben. Vielleicht haben Sie unangenehme Gefühle wahrgenommen. Platzieren Sie auch diese dort, wo Sie sie gespürt haben. Kommen Sie anschließend in die Gegenwart zurück.

Wahrnehmung fremder Emotionen

Genauso wie unser Körper mit uns spricht, gibt uns die Körpersprache von anderen Menschen Aufschluss darüber, wie diese gerade fühlen. Mimik, Gestik, Körperhaltung und Verhalten sprechen ihre eigene Sprache, unabhängig davon, was unser Gegenüber mit seinen Worten ausdrückt. So kann jemand zwar behaupten, dass es ihm gut gehe, doch wir können ihm ansehen, dass etwas nicht stimmt. Wenn wir genau hinschauen, sehen wir vielleicht, dass die unteren Augenlider angespannt, die Lippen gepresst und die Stirn leicht gerunzelt ist. Die Person scheint irgendwie verärgert oder besorgt zu sein, es aber nicht zeigen zu wollen. Unser Nervensystem reagiert sehr sensibel auf die Körperreaktionen anderer. Wenn wir also intuitiv den Eindruck haben, dass unser Gegenüber eine Emotion verbirgt und „etwas im Raum steht", so haben wir in vielen Fällen vermutlich recht.

Anstatt aber unsere eigenen Vermutungen auf den anderen zu projizieren, sollten wir lieber ein offenes Gespräch suchen, indem wir versuchen herauszufinden, was die andere Person gerade bewegt. Kindern fehlt es oft an den richtigen Worten, um ihr Befinden auszudrücken. Deshalb ist das Deuten der Körpersprache in der Kindererziehung ungemein wichtig. Bis zu einem gewissen Alter, in etwa ab der frühen Pubertät, sind Kinder nicht dazu in der Lage, ihre Körpersprache zu verfälschen. Sie geschieht einfach unbewusst.

Beispiele für die Körpersprache von Kindern:

Angst	aufgerissene Augen, geöffneter Mund, Augenbrauen nach oben gerichtet, angespannter Körper, vermeidendes oder anhängliches Verhalten zögerliches, stotterndes Sprechen
Traurigkeit	abgesenkte Mundwinkel, kaum Mimik oder Gestik, Energielosigkeit, geneigte Körperhaltung, gesenkter Kopf, vermeidendes oder anhängliches Verhalten
Wut	hervorgetretene Augen, gerunzelte Stirn, aufeinandergepresste Lippen angespannter Körper, Schwitzen Schlagen, Schreien, Zerstörungswut

Übung: Verantwortung für Gefühle trennen

Diese Übung können Sie so oft Sie wollen in verschiedenen Situationen in Ihrem Alltag durchführen. Sie wird Ihnen dabei helfen, die Verantwortung für Ihre eigenen Gefühle zu übernehmen und sich von der Verantwortung für die Gefühle anderer Menschen zu lösen. Sagen Sie sich selbst:

1. Ich fühle mich..., weil ich... brauche.
2. Er/Sie fühlt sich ..., weil er/sie... braucht.

Beispiel: „Ich fühle mich unzufrieden, weil ich Erholung brauche. Er fühlt sich aufgedreht, weil er Spaß und Spiel braucht."

Mit GFK gut gerüstet in die Pubertät

Beispiel

Es ist Sonntagmittag. Der vierzehnjährige Jan sitzt vor seinem PC in seinem Zimmer. Er ist mitten in einem Online-Spiel und im Kontakt mit seinen Freunden. Sein Vater kommt herein und fordert: „Aufstehen und fertig machen, Sohnemann! Die Computerzeit ist vorbei!" „Ey, ich bin mitten im Spiel", entgegnet Jan. „Interessiert mich nicht. Du ziehst dich jetzt an und kommst nach unten. Wir wollen dich auch mal zu Gesicht bekommen." Jan zieht die Augenbrauen zusammen und stößt Luft aus. "Lasst mich doch einfach mal in Ruhe."

Irgendwann trifft es alle Eltern. Unser geliebter Sprössling wird älter, reifer und irgendwie anders. Er ist in die Pubertät gekommen. Es ist nicht ungewöhnlich, dass wir unser Kind dann kaum noch wiedererkennen und uns fragen, wohin das Ganze noch führen soll. Wir schlagen entrüstet die

Hände über dem Kopf zusammen, schütteln den Kopf und resignieren. Wir sagen dann Sätze wie „Ich komme nicht mehr an sie ran.“, „Er ist völlig verschlossen.“ und „Ich weiß nicht mehr weiter. Ich verstehe mein Kind nicht mehr.“.

Kein Wunder, die Jugendlichen verstehen sich oft selbst nicht mehr. Sie durchlaufen in dieser Zeit nicht nur starke hormonelle und körperliche, sondern auch psychische Veränderungen. Junge Heranwachsende versuchen sich in ihren geschlechtsspezifischen Rollen wie¬derzufinden und ihre Identität neu zu bilden. Neurologische Umbrüche führen dazu, dass Jugendliche mehr Bauchentscheidungen treffen, impulsiv sind und ein erhöhtes Interesse an riskantem Verhalten haben. Außerdem haben sie oft eine geringere Motivation und Empathie. All das bietet viel Potential für Überforderung, starke Emotionen und Konflikte. Die Jugendlichen fühlen sich dann schnell von ihren Eltern bedrängt, missverstanden und ungerecht behandelt.

Wenn wir als Eltern sagen, dass unser Kind nicht so viel am Computer hängen, das Handy zur Seite legen, mehr für die Schule tun, zum Sport gehen oder sich mehr einbringen sollte, tun wir das aus einer guten Absicht. Wir wollen nur das Beste für unser Kind. Junge Heranwachsende hören aber nicht gerne aus den Mündern ihrer Eltern, was sie zu tun oder zu lassen haben, wie sie sich fühlen sollen oder wie sie zu sein haben. Sie empfinden das als aufdringlich und grenzen sich noch mehr von uns ab. Jugendliche haben ein hohes Bedürfnis nach Privatsphäre und ein erhöhtes Schamgefühl. Es ist völlig normal, dass sich unser Kind uns nur noch begrenzt mitteilen möchte. Wir können unserem Kind sagen, dass wir nicht von ihm verlangen, uns alles zu erzählen, aber dass wir mit ihm in Verbindung bleiben möchten. Geben Sie Ihrem Kind viel Raum. Anstatt zu viele Fragen zu stellen, erzählen Sie lieber viel über sich selbst. So bleiben Sie im Kontakt.

Wenn Sie ein Gespräch mit Ihrem Kind führen wollen, weil etwas an seinem Verhalten Sie stört, dann kündigen Sie das vorzeitig an und überfallen Ihr Kind damit nicht mitten im Geschehen. So geben Sie ihm die Chance, sich seine eigenen Gedanken zu der Thematik zu machen und seine Argumente zu reflektieren. Vereinbaren Sie gemeinsam einen Zeitpunkt für ein Konfliktpräventionsgespräch, in dem Sie mit den vier Schritten der gewaltfreien Kommunikation erläutern, warum Ihnen wichtig ist, was Sie sich von Ihrem Kind wünschen.

Droht das Gespräch zu eskalieren, verlegen Sie es auf einen zweiten Termin. Gerade bei Jugendlichen können Probleme manchmal nicht direkt auf der Sachebene gelöst werden, weil sie viel zu sehr auf der Gefühlsebene verstrickt sind. In diesem Fall ist es ratsam, wenn Sie Ihr Kind erst einmal darum bitten, Ihnen zu sagen, wie es sich mit dem Thema, dem Gesagten oder der Abmachung fühlt.

So können Gefühle wie Wut, Ärger, Enttäuschung und Befürchtungen aus dem Weg geräumt werden. Auch Sie als Elternteil sollten offen und ehrlich mit dem Ausdruck Ihrer Gefühle umgehen. Dazu gehört auch zu zeigen, dass Sie nicht mehr weiterwissen und verzweifelt sind. Rettungsanker in solchen krisenhaften Situationen ist die gegenseitige Sehnsucht nacheinander. Halten Sie sich in solchen Gesprächen immer wieder vor Augen, was Ihr vornehmliches Ziel ist: Verständnis.

Besonders im Jugendalter ist die Erziehung Beziehungssache. Es geht nicht darum, Ihr Kind irgendwie zu formen, sondern es darin zu begleiten, ein glücklicher, selbstständiger und selbstdisziplinierter Erwachsener zu werden. Trotzdem hilft es Jugendlichen, wenn es feste Vereinbarungen und Regeln gibt. Sie als Eltern sollten sich deshalb jetzt ganz besonders im Klaren sein, auf welche Regeln Sie ohne Diskussion bestehen wollen und welche verhandelbar sind.

Sie werden öfter in die Situation gebracht, Ihre aufgestellten Regeln hinterfragen zu müssen. „Wieso willst du das von mir? Was hast du davon? Alle anderen machen das auch. Warum kann ich das nicht machen?“ Bleiben Sie für Ihr Kind echt und spürbar. Sie werden nicht Ihr Gesicht verlieren, wenn Sie eine Regel verändern oder fallen lassen oder mal eine Ausnahme machen. Geben Sie Ihrem Kind hier einen Vertrauensvorschuss. Wenn Ihr Kind spürt, dass Sie ihm vertrauen, wird es Ausnahmen nicht als Anlass sehen, immer mehr zu fordern. Es wird im Gegenzug Ihre Bedürfnisse wertschätzen lernen.

Probleme & Konflikte gewaltfrei ansprechen

Viele Menschen scheuen sich davor, Probleme und Konflikte anzusprechen. Stattdessen fegen sie die Probleme unter den Teppich, machen eine gute Miene zum bösen Spiel und hegen einen inneren Groll. Das ist kein Wun¬der. Wenn uns vergangene Erfahrungen gelehrt haben, dass die Ansprache von Problemen zu vielen negativen Emotionen, Eskalationen und noch mehr Problemen geführt hat, wählen wir den für uns kurzfristig angenehmeren Weg. Wir schlucken den Ärger runter und hoffen, dass sich die Probleme von selbst auflösen. Langfristig wird das allerdings dazu führen, dass sich der innere Ärger anstaut und wir den Kontakt zu unseren Mitmenschen verlieren. Die gewaltfreie Kommunikation nimmt uns die Angst, Probleme und Konflikte anzusprechen. Es gibt keine Gewinner oder Verlierer und auch kein gutes oder schlechtes Verhalten. Niemand muss fürchten, sein Gesicht zu verlieren. Es gibt schlicht und einfach verschiedene Bedürfnisse, die miteinander in Übereinkunft gebracht werden wollen.

Die meisten Konflikte, die Menschen miteinander haben, sind Wertekonflikte. Wenn Menschen erkennen, dass sie aber dieselben Bedürfnisse haben, bietet das eine gemeinsame Grundlage zur Konfliktlösung. Viele Menschen tun sich jedoch schwer damit, Bedürfnisse von Werten zu unterscheiden. Beispielsweise kann uns der Wert Pünktlichkeit sehr wichtig sein, unserem Kind jedoch nicht. Wir könnten nun versuchen, unser Kind vehement mit Gegenargumenten wie beispielsweise „Pünktlichkeit hinterlässt einen guten Eindruck." zu überzeugen. Wir werden jedoch feststellen, dass wir ihm dadurch erstens nicht die Würde entgegenbringen, die ihm gebührt und zweitens, dass wir andere Menschen nicht verändern können. Wir können anderen Menschen unsere Wertvorstellungen nicht aufzwingen, sondern nur erklären und vorleben. Die gewaltfreie Kommunikation unterstützt die Individualität. Und Individualität bedeutet, dass wir lernen auszuhalten, dass andere Menschen andere Meinungen und Werte haben als wir. Auch unsere Kinder.

Wir können aber herausfinden, welches Bedürfnis bei uns hinter dem Wert Pünktlichkeit steht. Ist es vielleicht das Bedürfnis nach Verlässlichkeit, Zugehörigkeit und Sicherheit? Auf der Basis von

Bedürfnissen zu argumentieren, aktiviert bei anderen Menschen eher Empathie und Kooperationsbereitschaft.

Es gibt ein paar Grundsätze, an die sich Familien halten können, um Konflikte in einem geeigneten Rahmen anzusprechen. Je kleiner die Kinder sind, desto flexibler und kürzer sollten Sie das Gespräch gestalten und bei Bedarf erneut aufsuchen. Außerdem können Sie als Familie Regeln festhalten, wie miteinander kommuniziert wird. Diese Regeln können auch auf einem großen Blatt Papier festgehalten und für alle sichtbar an die Wand gehängt werden. Mögliche Regeln für das Miteinander im Gespräch wären: Wir begegnen einander mit Liebe, Respekt und Wertschätzung. Jeder lässt den anderen ausreden. Alle Gefühle und Bedürfnisse sind willkommen. Verletzungen sind tabu.

Konfliktpräventionsgespräch in der Familie Schritt für Schritt

Einleitung: Wählen Sie eine Person aus, die als Moderator das Gespräch führen wird. In der Regel werden Sie als Elternteil die Moderation übernehmen.

Erörterung: Lassen Sie nun jedes Familienmitglied nacheinander seinen Standpunkt vertreten. Helfen Sie Ihrem Kind mit den richtigen Fragen dabei, seine Wahrnehmung zu erläutern. Stellen Sie zum Beispiel Fragen wie

- *„Was hast du beobachtet? Wie fühlst du dich damit?"*
- *„Was brauchst du, um dich wohlzufühlen?"*
- *„Was wünschst du dir, was wir tun können?"*

Fällt es Ihrem Kind schwer, darauf zu antworten, geben Sie ihm Aussagen vor, auf die es mit „ja" oder „nein" antworten kann, zum Beispiel „Du bist jetzt sauer?", „Du möchtest am liebsten...", „Du wärst glücklicher, wenn...".

Damit jeder die Chance hat, in Ruhe auszureden und nicht unterbrochen zu werden, können Sie einen selbstgebastelten Gesprächsstab zur Hilfe nehmen, der von Person zu Person weitergereicht wird.

Mitgefühl: Um das Einfühlungsvermögen füreinander zu stärken, können nun alle Familienmitglieder ihre Gefühle und Gedanken zur folgenden Frage äußern:

> *„Wie fühlst du dich, wenn du siehst, wie es dem anderen damit geht?"*

Spiegeln Sie hier jüngeren Kindern ihre Gefühle:

> *„Bist du traurig, wenn du siehst, dass dein Bruder verletzt ist?"*

Übereinkunft: Abschließend darf jeder Lösungsvorschläge formulieren. Diese sollten, egal wie fantasievoll sie sind, ohne Wertung akzeptiert werden.

Dabei denken wir daran: Jeder gewinnt am meisten, wenn beide gewinnen. Es ist sogar einfacher, verschiedene Bedürfnisse unter einen Hut zu bringen, wenn wir uns gegenseitig dabei helfen, sie nacheinander zu erfüllen. Es wird eine abschließende Vereinbarung getroffen, der alle zustimmen.

- *„Was können wir da machen?“*
- *„Was würdest du davon halten, wenn…?“*

Wenn ein Kind partout nicht zustimmen will, nehmen Sie dieses „Nein“ empathisch auf. Welches Bedürfnis wurde vielleicht noch nicht angesprochen? Was fehlt dem Kind, um „Ja“ sagen zu können? Vielleicht ist das Kind gerade auch zu sehr in seinen Emotionen gefangen. Dann hilft es, wenn Sie Ihr Kind begleiten: „Du bist wütend, weil du lieber alleine bestimmen möchtest.“

Krisenhafte Eskalationen auflösen mit GFK

Konflikte haben eine ganz eigene Dynamik. Der Konfliktforscher Friedrich Glasl spricht von neun Eskalationsstufen, in denen ein Konflikt sich bis zu einer totalen Konfrontation steigern kann, bei der beide Parteien gemeinsam in den Abgrund gehen.[6] Doch soweit muss es nicht kommen. Mit Hilfe von Achtsamkeit können wir lernen, sich anbahnende Konflikte und Eskalationen rechtzeitig wahrzunehmen und tätig zu werden. Die Haltung, die wir in der gewaltfreien Kommunikation haben, macht es uns möglich, krisenhafte Eskalationen bereits in den ersten beiden Stufen aufzulösen. Wie sieht das im Alltag mit Ihrem Kind aus?

Die erste Stufe eines Konflikts ist die Verhärtung beider Fronten. Während wir und unser Kind sich zuvor wohl und entspannt miteinander gefühlt haben, spüren wir nun, dass etwas zwischen uns liegt. Stellen Sie sich zum Beispiel vor, dass Ihr Kind keinen Wert auf ordentlich gemachte Hausaufgaben legt. Ihm ist es wichtiger, sie nach der Schule einfach schnell hinter sich zu bringen und mehr Zeit für das Fußballspielen mit den Freunden zu haben. Sie dagegen sehen es nicht gern, wenn die Hausaufgaben nicht vollständig gemacht sind. Sie beide legen ihren Wert auf unterschiedliche Dinge. Solche Wertkonflikte und Meinungsverschiedenheiten führen dazu, dass wir unser Kind nicht mehr mit der gleichen Offenheit ansehen können wie zuvor. Wir beginnen, unser Kind aus einer gewissen Distanz zu betrachten und womöglich zu bewerten.

---

[6] Glasl, F. (2011): Konfliktmanagement. In: Konfliktregelung und Friedensstrategien. VS Verlag für Sozialwissenschaften.

„Er verhält sich so unreif. Er weiß gar nicht, was das für Auswirkungen haben wird." Wenn Sie sich bewertenden Gedanken bewusstwerden, greifen Sie direkt aktiv ein. Führen Sie sich vor Augen, dass eine Bewertung eine gewaltvolle Handlung darstellt und die Kooperationsfähigkeit einschränkt. Versuchen Sie stattdessen herauszufinden, welches Bedürfnis wirklich hinter dem Verhalten Ihres Kindes liegen könnte. Vielleicht braucht Ihr Kind schlicht und einfach eine Pause nach der Schule und wäre bereit, die Hausaufgaben zu einem anderen Zeitpunkt gewissenhafter zu erledigen? Führen Sie ein Gespräch mit Ihrem Kind, das das gegenseitige Verständnis zum Ziel hat.

Es kann gut sein, dass wir die erste Eskalationsstufe eines Konfliktes gar nicht als solche wahrnehmen und uns sehr schnell in der zweiten Stufe, der Debatte, wiederfinden. Hier wird in unserem Verhalten und unseren Botschaften deutlich, dass sich die Meinungen polarisieren. Eventuell versuchen wir auch, Dritte für unsere Seite zu gewinnen. So könnten Sie sich sagen hören: „Der Papa und ich finden es nicht gut, wie du deine Hausaufgaben machst." Wir fangen auf dieser Stufe auch an, Generalbehauptungen aufzustellen: „Hausaufgaben sind wichtig. Wer seine Hausaufgaben nicht macht, hat den Ernst des Lebens nicht verstanden.", „Was soll aus dir werden, wenn du es nicht auf die Reihe bringst, deine Hausaufgaben zu machen? Möchtest du irgendwann unter der Brücke leben?" Achtung:

Nur weil Ihr Kind eine Phase hat, in der es sich nicht motiviert an seine Hausaufgaben setzen möchte, heißt das nicht, dass es für immer verloren ist. Solche persönlichen Angriffe rühren aus Ihrer Sorge als Elternteil, führen Sie jedoch nicht zum gewünschten Ziel. Ebenso wenig aussichtsreich ist der Versuch, Ihr Kind mit immer mehr und immer stärkeren Argumenten überzeugen zu wollen, beispielsweise „Du bist alt genug, um zu verstehen, was du zu tun hast." und „Hausaufgaben helfen dir, im Stoff dabeizubleiben.".

Was könnten Sie stattdessen tun? Gestehen Sie sich ein, dass Sie sich darauf versteift haben, Recht zu bekommen und Ihr Kind damit gegebenenfalls unter Druck gesetzt und mit Worten verletzt haben. Bedauern Sie dies, indem Sie sagen: „Ich bedaure es, dass ich dich angegriffen habe. Ich bin einfach so besorgt gewesen. Ich wünsche mir einfach, dass du es in der Schule leicht hast und irgendwann genau das tun kannst, was dich glücklich macht. Wie fühlst du dich damit?"

Verständnis statt Verurteilung – Drei Grundübungen

Was ist aufrichtiges und mitfühlendes Verständnis? Und wieso verurteilen Menschen ihre Mitmenschen?

Verständnis zu haben bedeutet, mit einem anderen Menschen in ein Verhältnis zu treten und sich ihm gegenüber bewusst zu verhalten. Ein Beispiel: Zwei Männer sitzen im Eisenbahnabteil. „Oj", seufzt der eine. „Ojojojoj", seufzt der andere. Daraufhin der Erste: „Herr, hören wir auf, über Politik zu reden." Offenbar verstehen sich die beiden Herren, weil sie sich absichtsvoll einander zuwenden und das, obwohl sie kaum Worte miteinander gewechselt haben.

Um Verständnis für eine andere Person zu haben, müssen wir diese auch nicht durchschauen, sondern vielmehr mit ihrer Wahrnehmung der Wirklichkeit „ein-verstanden" sein. Im Sinne der gewaltfreien Kommunikation entspringt gegenseitiges Verständnis unserem Herzen.

Wir bemühen uns, neugierig und unvoreingenommen mit dem Herzen zuzuhören und unsere Gedanken still werden zu lassen. Ziel ist es, unsere innere Einstellung darauf zu richten, was wir selbst gerade brauchen und zu verstehen, was der andere gerade braucht. Richten wir unsere Aufmerksamkeit dagegen darauf, was unser Gegenüber richtig oder falsch gemacht hat, führt das zu Bewertungen, Urteilen und Kritik. Es passiert leicht, dass wir unseren Gesprächspartner kategorisch in Schubladen schieben. Wir tun das, um unser Erleben sortieren und die Welt besser verstehen zu können. Orientieren wir uns dabei an Konventionen und Regeln der

Gesellschaft, in der wir leben, führt das aber zur Rechthaberei und Entfremdung anstatt lebendiger Verbundenheit. Wenn wir moralisch über jemanden anderen urteilen, dann steckt dahinter meist ein unerfülltes Bedürfnis auf unserer Seite.

Wenn wir beispielsweise jemanden die Aussage „Du Egoist!" vorwerfen, wollen wir damit eigentlich ausdrücken, dass uns die Werte Zusammengehörigkeit und Unterstützung wichtig sind. Die gewaltfreie Kommunikation unterscheidet also zwischen moralischen Urteilen („Du Egoist!"), die wir vermeiden sollten, und Wert-Urteilen („Mir ist Unterstützung wichtig."). Der Ausdruck von Werturteilen erleichtert es anderen Menschen, verständnisvoll auf uns einzugehen.

Übung 1: Moralische Urteile vs. Werturteile

Diese Übung wird Ihnen dabei helfen, Ihre Aufmerksamkeit für versteckte Werturteile hinter moralischen Urteilen zu schulen. Versuchen Sie herauszufinden, welches Bedürfnis bzw. Werturteil sich hinter dem jeweiligen moralischen Urteil verbergen. Ergänzen Sie die Liste um beliebig viele andere Vorwürfe, die Sie anderen gegenüber haben. Welches Werturteil steckt dahinter?

	Moralisches Urteil	Werturteil
1.	„Du bist frech."	„Mir ist Respekt wichtig."
2.	„Er ist so anhänglich."	„Mir ist … wichtig."
3.	„Die Nachbarn sind immer so laut."	„Mir ist … wichtig."
4.	„Sei doch mal ein bisschen fleißiger."	„Mir ist … wichtig."
5.	„Frau Müller muss ihre Nase in alle Angelegenheiten stecken."	„Mir ist … wichtig."
6.	„Du denkst nur an dich."	„Mir ist … wichtig."
…		„Mir ist … wichtig."

Lösungsvorschläge:

2. „Mir ist mein Freiraum wichtig."
3. „Mir ist meine Ruhe wichtig."
4. „Mir sind Erfolg, Disziplin und Fleiß wichtig."
5. „Mir ist Privatsphäre wichtig."

6. „Mir ist Rücksichtnahme wichtig."

Übung 2: „STOPP, Ich bleibe bei mir" – Urteile übersetzen

Führen Sie für diese Übung eine Woche lang Tagebuch. Jetzt ist die Achtsamkeit für Ihre Gedanken gefordert. Wenn Sie sich selbst im Alltag dabei ertappen, dass Sie in der Bahn, im Supermarkt, beim Sport, beim Einkaufen, in der Beziehung zu Ihren Kindern oder auf der Arbeit ein Urteil über einen anderen Menschen fällen, sagen Sie in Ihrem Kopf innerlich „STOPP – ich bleibe bei mir." Richten Sie Ihren Fokus bewusst wie einen Scheinwerfer von der anderen Person auf Sie zurück. Reflektieren Sie anschließend, was Sie zu der Kritik bewegt hat und welche Wertvorstellung von Ihnen verletzt wurde.

Tag	Kritischer Gedanke	Wertvorstellung
Tag 1	„Sie hat sich schon wieder nicht die Hände gewaschen." „Das ist aber ganz schön dreist und unverschämt von ihr." „Er ist so kleinkariert und spießig."	„Mir ist Hygiene wichtig." „Mir ist ein Gleichgewicht von Geben und Nehmen wichtig." „Mir sind Toleranz und Großzügigkeit wichtig."
Tag 2	…	„Mir ist … wichtig."

Übung 3: Mit dem Verständnis-Ohr zuhören

Nehmen Sie sich vor, auf die Kritik und Vorwürfe von anderen mit Ruhe und Gelassenheit zu reagieren, anstatt sich aus dem Affekt mit Schuldvorwürfen zu verteidigen. Hören Sie mit Ihrem Verständnis-Ohr zu. Nehmen Sie im ersten Moment wahr, was der gehörte Satz in Ihnen selbst auslöst. Welches Gefühl tauch in Ihnen auf? Und welches Bedürfnis steckt dahinter? Im zweiten Schritt versuchen sie mitfühlend zu verstehen, was hinter den Worten des anderen stecken könnte.

Gehörter Satz	Was wird in mir ausgelöst?	Was braucht der andere?
„Du nimmst dir nie Zeit für uns."	Ich bin traurig, verletzt und fühle mich nicht wertgeschätzt.	„Bist du frustriert, weil ich so viel Zeit mit dem Haushalt verbringe und nicht mit dir? Brauchst du mehr Aufmerksamkeit und Zuneigung?"
…	„Ich bin... "	„Brauchst du…?"

Kinder & Jugendliche ermutigen

Beispiel

Lorenz ist in der dritten Klasse. An seiner Schule findet ein Lesewettbewerb statt. Es warten auch tolle Preise und eigentlich würde er super gerne teilnehmen. Er hat sich zu Hause schon ein passendes Buch ausgesucht und den Text beim Vorlesen für seinen jüngeren Bruder eingeübt.

Am Tag der Anmeldung fängt er an zu zweifeln. Als seine Mutter ihm morgens einen tollen Tag wünscht, fängt er an zu weinen. „Ich will nicht zur Schule. Die ist blöd.“ Seine Mutter versteht nicht ganz. „Was genau ist blöd?“, fragt sie. Lorenz antwortet: „Alles ist blöd.“ Seine Mutter hakt nach: „Ich möchte dich verstehen. Erkläre mir bitte, was dich sagen lässt, dass alles blöd ist. Was hast du gesehen, was ist passiert?“ Lorenz ist bedrückt. „Das Vorlesen ist blöd. Ich will das gar nicht mehr.“

Wie hätten Sie an der Stelle von Lorenz Mutter reagiert? Was hätten Sie gesagt, um Lorenz zu ermutigen?

Die meisten Eltern würden vermuten, sie würden ihr Kind vor allem mit Lob und Zuspruch ermutigen. „Du schaffst das schon!“, „Du kannst gut vorlesen!“ und „Du bist toll!“ Ermutigung ist aber weitaus mehr als Lob und Anerkennung. Ermutigung fängt schon auf non-verbaler Ebene an. Wir hören unserem Kind aufmerksam zu, wir nicken bestätigend und nehmen an seinen Gefühlen teil. Wir signalisieren: Das, was du sagst, nehme ich ernst. Ich traue dir etwas zu. Ich übergebe dir Verantwortung für deine Worte und Taten. Kinder fühlen sich dadurch wertvoll und ihr Selbstvertrauen wird gestärkt.

Kinder zu ermutigen heißt, sie fähig zu machen zur Selbstermutigung. Wer selbst ermutigend denkt, fühlt und handelt, fühlt sich den Herausforderungen des Lebens gewachsen. Kinder, die sich ermutigt fühlen, erleben sich als Mit-Gestalter ihres Lebens. Sie trauen sich, Dinge auszuprobieren und auch zu versagen, weil sie innerlich wissen: *„Ich bin gut genug, so wie ich bin. Ich darf mich entwickeln, Fehler machen und besser werden."* Sie wollen Verantwortung übernehmen und am Geschehen teilnehmen.

Ermutigung und Empathie gehen Hand in Hand. Kinder werden zu dem, worin sie aufwachsen. Erleben sie ein ermutigendes Umfeld voller Zuversicht, so werden sie das in ihre innere Wahrheit integrieren. Hören sie stattdessen oft entmutigende und verletzende Botschaften wie „Wie oft muss ich dir das denn noch sagen?", „Hast du es immer noch nicht verstanden?" oder „Da bist du selbst schuld", füttert das den inneren Kritiker von Kindern. Sie liegen abends im Bett und fragen sich „Was mache ich bloß verkehrt?" und stellen infrage, dass sie überhaupt richtig sind. Entwickeln Kinder das Gefühl, es keinem recht machen zu können, führt das zu einem starken inneren Druck. Sie fangen an, sich anzupassen und möglichst perfekt zu sein. Dabei sind sie vollkommen richtig, ihnen wird nur nicht zugestanden, dass sie sich entwickeln und dabei auch Fehler machen dürfen. Verstehen Sie mich nicht falsch. Ich erwarte nicht, dass Sie alle Fehltritte oder trotzigen Aussagen Ihres Kindes mit einem gütevollen Lächeln hinnehmen. Sie dürfen Grenzen aufzeigen. Aber zeigen Sie Empathie und Nachsicht.

Auch wenn wir selbst eine unpassende Aussage fallen gelassen haben, können wir diese bedauern und unsere Situation erklären. Wir können zum Beispiel sagen: „Ich bedaure, dass ich dir gesagt habe, dass du selbst schuld seist. Ich war ärgerlich und wollte meine Wut entladen. Du bist gut, so wie du bist." Ein offener und lebendiger Austausch zwischen Eltern und Kind führt dazu, dass Kinder Ausrutscher der Eltern als Ausnahmen ansehen und sie nicht für die allgemein gültige Wahrheit in ihr Unterbewusstsein verankern.

Was noch wichtig ist: Kinder brauchen die Ermutigung ihrer Eltern. Jeder kann aber nur bis zur Grenze seines eigenen Mutes ermutigen. Hinterfragen Sie deshalb auch: Wie viel traue ich mir selbst zu? Welche Ängste und Sorgen übertrage ich vielleicht auf mein Kind? Arbeiten Sie mit Ihren eigenen inneren Glaubenssätzen, um Ihr Selbstwertgefühl zu heilen.

Übung: Kritik-Radierer

Diese Übung können Sie ganz praktisch in Ihrem Alltag umsetzen, wenn Sie das nächste Mal über ein Verhalten Ihres Kindes verärgert, enttäuscht oder unzufrieden sind.

Bevor Sie Ihrem Reflex nachgeben, rumzunörgeln und Kritik zu äußern, halten Sie inne und fragen Sie sich:

Zu welchem Zweck möchte ich das jetzt sagen?

Wem oder was wird damit geholfen?

Möchte ich vielleicht einfach nur Ärger rauslassen?

Radieren Sie den Satz nun bildlich aus Ihrem Kopf. Wenn Sie mögen, können Sie auch kurz Ihre linke Hand ballen - als Signal für den Körper, dass Sie sich gegen den kritischen Gedanken entschieden haben. Ihr Kopf ist nun frei wahrzunehmen, worum es Ihnen eigentlich geht. Was fühlen Sie? Was brauchen Sie? Worum könnten Sie bitten?

Typische Alltagsituation – in die Sprache der gewaltfreien Kommunikation übersetzt

Wir können selbst entscheiden, was wir sehen, hören und denken wollen. Um Ihnen zu zeigen, wie eine typische Alltagssituation mit dem Bewusstsein der gewaltfreien Kommunikation erlebt werden kann, hier ein Beispiel, wie es in vielen Familien oder Kindertageseinrichtungen stattfinden könnte:

Die siebenjährige Lola ist in ihrem Spiel vertieft. Mit kleinen Figuren hat sie im Wohnzimmer einen Zirkus aufgebaut. Gleich beginnt schon die Vorstellung. Ihre Mutter stellt eine Schale mit dampfenden Kartoffeln auf den Tisch. „Lola, wir essen jetzt. Komm bitte zu Tisch", sagt sie. Lola lässt die Artistin einen Salto machen und summt ein Lied. „Lola, hörst du nicht? Immer muss man dich dreimal um etwas bitten!", sagt ihre Mutter bestimmter. Das Mädchen antwortet vom Boden: „Ich kann jetzt nicht. Die Vorstellung hat gerade angefangen." Lolas Mutter seufzt und fordert: „Du kannst später weiterspielen. Ich zähle jetzt bis drei und dann will ich dich am Tisch sitzen sehen." Lola schürzt die Lippen. Ihr Körper wird steif. Sie mag es gar nicht, wenn ihre Mama sie rumkommandiert. „Mama ist gemein und ungerecht", denkt sie und fragt sich: „Was habe ich falsch gemacht?". „Lola, eins...", beginnt ihre Mutter. Lola wird ärgerlich. Sie springt auf, rennt zum Tisch und schaut wütend auf die Tischplatte. „Sei doch nicht so", sagt ihr Vater von der Seite. „Bin ich aber!", platzt es aus Lola heraus. Sie schluchzt und kann ihre Tränen nicht mehr zurückhalten.

Wie könnten Lolas Botschaften und die Botschaften ihrer Eltern in die Sprache der gewaltfreien Kommunikation übersetzt werden?

Die neutrale Beobachtung der Situation ist: *Die siebenjährige Lola ist in ihrem Spiel vertieft. Mit kleinen Figuren hat sie im Wohnzimmer einen Zirkus aufgebaut. Gleich beginnt schon die Vorstellung. Ihre Mutter stellt eine Schale mit dampfenden Kartoffeln auf den Tisch.* Bis zu diesem Zeitpunkt ist auch noch alles in Ordnung. Ihre Mutter stellt ihr daraufhin die Bitte, zu Tisch zu kommen. Weil Lola nicht macht, was ihre Mutter von ihr verlangt, fühlt sich ihre Mutter genervt und verärgert. Hier ist nun der Wendepunkt. Anstatt Lolas nonverbales „Nein" als Geschenk zu einem Gespräch aufzufassen, wird Lolas Mutter ungeduldig. Sie lässt ihren Unmut an ihrer Tochter aus und spricht eine bewertende Aussage aus: Lola, hörst du mich nicht? Immer muss man dich dreimal um etwas bitten! Natürlich fühlt sich Lola dadurch missverstanden und auch respektlos behandelt, weil das einfach nicht der Wahrheit entspricht. Um sich zu wehren, bleibt das Mädchen bei ihrem Spiel. Weil der Ärger ihrer Mutter immer größer wird, droht sie: Ich zähle jetzt bis drei und dann will ich dich am Tisch sitzen sehen. Ihre Mutter wählt einen unglimpflichen Weg, um ihr Bedürfnis mitzuteilen. Eigentlich ist es ihr nur wichtig, dass die Familie als Tischgemeinschaft zu Mittag isst und dass es Lola gut geht. Lola ist aber nicht in der Lage, das aus den Forderungen und Drohungen ihrer Mutter herauszuhören. Deswegen wird jetzt auch Lola wütend. Als ihr Vater die Bemerkung fallen lässt, dass sie doch nicht so sein solle, fühlt sie sich komplett unverstanden. Ihr Bedürfnis war es einfach, zu spielen und für das, was ihr wichtig ist, wertgeschätzt zu werden.

Stellen Sie sich nun vor, Lolas Eltern würden ihr mehr Mitgefühl und Verständnis entgegenbringen. Wie hätten sie in der Situation anders reagieren können? Ein Beispiel für einen Verlauf in der Sprache der gewaltfreien Kommunikation:

…Als Lolas Mutter wahrnimmt, dass ihre Tochter nicht bereit ist, ihrer Bitte zu folgen, hält sie kurz inne. Was regt sich in ihr? Sie fühlt in ihrer verengten Brust, dass sie genervt und verärgert ist (Gefühl). Sie atmet kurz durch und fragt sich: Was erwarte ich gerade, wie jemand zu sein hat? Sie erkennt: Ich möchte, dass Lola immer direkt auf mich hört. Sie erinnert sich selbst daran, dass ihre Tochter nicht da ist, um immer perfekt zu funktionieren. Sie fragt sich selbst: Welches Bedürfnis habe ich denn gerade? Was wäre das Gegenteil von dem, wie es gerade ist? Das Gegenteil wäre, dass Lola bereitwillig und mit Dankbarkeit am Tisch sitzen würde. Die Bedürfnisse der Mutter sind also vor allem Wertschätzung und Gemeinschaft. Mit dieser Klarheit wendet sich Lolas Mutter ihrer Tochter zu. Sie kniet sich neben sie auf Augenhöhe. „Ist das die Artistin, die gerade dran ist?", fragt sie anerkennend ihre Tochter. Lola nickt. Sie fühlt sich gesehen und mag das ehrliche Interesse ihrer Mutter. „Toll! Du würdest mir am liebsten alle Kunststücke vorführen, oder? Du möchtest, dass wir sehen, was dir wichtig ist." (Lolas Bedürfnis). Ihre Tochter grinst und fühlt sich ermutigt, doch ihre Mutter erklärt weiter: „Das verstehe ich. Mir ist es wichtig, dass wir zusammengehören und gemeinsam am Tisch essen (Bedürfnis der Mutter), wärest du bereit, deine Vorführung pausieren zu lassen?" (Bitte). Lola denkt kurz nach und steht auf. Am Tisch fragt sie, wer später bei der Vorführung dabei sein will.

Vielleicht regt sich in Ihnen beim Durchlesen des Beispiels ein innerer Widerstand. Das ist doch total unrealistisch! Ich kann verstehen, dass Sie so denken. Sicherlich wird die gewaltfreie Kommunikation in der Realität nicht in allen Fällen so wirksam sein, wie wir es in der Theorie erwarten würden. Lösen Sie sich von jeglichen Erwartungen. Es geht nicht darum, dass wir ab sofort nach Anleitung miteinander sprechen und interagieren. Die gewaltfreie Kommunikation will das Leben erleichtern, nicht verkomplizieren. Sie lädt uns vor allem dazu ein, unsere Haltung zu reflektieren. Wenn wir mit Hilfe der gewaltfreien Kommunikation in einer Situation nicht weiterkommen, dann können wir unsere Verzweiflung und unseren Frust ausdrücken, ohne jemanden dabei zu verletzen, indem wir beispielsweise sagen: „Ich versuche wirklich zu verstehen, worum es dir geht, aber ich schaffe es nicht. Ich bin frustriert, weil ich anderen eigentlich mit Empathie begegnen will."

Potentiale entfalten mit gewaltfreier Kommunikation

Beispiel

Die 10-jährige Amelie ist dabei, Klavier zu üben. Sie spielt ein und dieselbe Passage immer und immer wieder. Es will einfach nicht funktionieren. Ihr Vater kommt ins Wohnzimmer und sieht ihr an, dass sie traurig und enttäuscht ist. „Was ist los? Kriegst du das Stück nicht gespielt?", fragt er. „Ja! Und ich werde es auch nie können. Ich bin einfach zu blöd!", sagt Amelie und haut mit den Fingern wütend auf die Tasten. „Das klang doch gar nicht so schlecht! Übung macht den Meister", versucht ihr Vater sie zu ermutigen. „Das war überhaupt nicht gut. Das war richtig schlecht. Keiner versteht mich." Amelie springt auf, wirft die Notenblätter auf den Boden und lässt ihren Vater alleine stehen. Amelie war in der Situation frustriert und gestresst, weil ihr etwas nicht gelingen wollte. Sie weiß ganz genau, dass sie in der nächsten Stunde beim Vorspielen versagen wird und das macht ihr Sorgen. Sie hat das Gefühl, dass ihr ganzes Üben keinen Sinn macht und ihr Klavier¬spiel sowieso keine Bedeutung hat. Die anderen können das viel besser und sie gehört einfach nicht dazu. Amelie fehlt das Bedürfnis nach Würde und Sinn. Kriegt sie dann noch zu hören, dass sie durch noch mehr Übung zum Meister werde, fühlt sie sich komplett missverstanden. Ihr geht es doch darum, anerkannt zu werden, auch wenn sie etwas mal nicht so gut kann. Sie resigniert und ihr Potential ist gehemmt.

Diese psychische Stresssituation führt dazu, dass Amelie auch körperlich eine Stressreaktion erlebt. Sie ist angespannt. Dieses unangenehme Gefühl ist für Kinder und Erwachsene schwer auszuhalten. Also sucht Amelie nach Strategien, um die Anspannung loszulassen. Sie fängt an, sich selbst die Schuld zu geben und zu bewerten. Sie erlebt sich nicht mehr als eigenständiges Subjekt, sondern als Objekt ihrer Beurteilungen. Das beruhigt sie, weil sie dadurch das Gefühl bekommt, die Stressreaktion unter Kontrolle zu haben. Das ist aber nur eine kurzfristige Lösung und wird ihr nicht dabei helfen, mit zukünftigen Herausforderungen und Frustrationen konstruktiv umzugehen.

Damit Kinder ihr volles Potential entfalten können, brauchen sie Unbeschwertheit. Sie brauchen das Gefühl, um ihrer selbst willen geliebt zu werden, unabhängig von der Bewertung anderer. Die gewaltfreie Kommunikation knüpft daran an. Wir machen unser Kind nicht mehr zum Objekt unserer Erwartungen, Wünsche, Vorstellungen, Absichten, Bewertungen oder gar Forderungen. Wir lassen es in seiner Subjektivität, seinem individuellen Wesen sein. Wir nehmen empathisch auf, was unser Kind bewegt und können es dabei unterstützen, sein Selbstwertgefühl zu bewahren. Das tun wir, indem wir Kindern das Gefühl geben, dass wir sie verstehen und ihnen sagen, dass sie gut genug sind, so wie sie sind.

Was können wir als Eltern lernen?

Bedürfnisorientierung für Eltern

Wir haben in den vorherigen Kapiteln gelernt, dass ein einfühlsamer und wertschätzender Umgang mit anderen das Wohlergehen beider und die Bindung zueinander stärkt. Doch auch auf uns selbst hat das gewaltfreie Kommunizieren einen positiven Einfluss. Denn nur, wenn wir mit uns selbst verbunden sind und unsere Bedürfnisse achten und würdigen, können wir diese Achtung und Würdigung auch anderen entgegenbringen.

Sind Sie einfühlsam mit sich selbst, wird es Ihnen leichter fallen, einfühlsam mit Ihrem Kind umzugehen. Wie können Sie selbst dafür sorgen, Ihre körperlichen und emotionalen Bedürfnisse besser wahrzunehmen und zu erfüllen? Wie können Sie einen liebevollen und wohlwollenden Umgang mit sich selbst pflegen?

Bedürfnisse sind etwas ganz Natürliches. Menschen sind keine Maschinen, sondern soziale Wesen. Sie haben Gefühle, Gedanken und unterschiedliche Energielevel. Mal sind sie belastbarer, mal etwas sensibler. An einem Tag sind sie leistungsfähiger, am nächsten vielleicht etwas erschöpfter. Andere können von außen nicht zwangsläufig erspüren, wie es uns gerade geht und was wir brauchen. Umso wichtiger ist es, dass wir unsere Bedürfnisse klar und deutlich kommunizieren können. Es ist ganz wichtig, dass Sie mit Ihrem ganzen Wesen begreifen, dass Sie Bedürfnisse haben und für diese einstehen dürfen. Das ist leichter gesagt als getan. Gerade, wenn wir selbst dazu erzogen worden sind, immer zu funktionieren, kann es uns schwerfallen, unsere eigenen Bedürfnisse in den Mittelpunkt unserer Wahrnehmung zu stellen.

Die Bedürfnisse, die wir als Eltern haben, nehmen hier eine besondere Position ein. Es ist ganz normal für uns, dass die Bedürfnisse unserer Kinder an erster Stelle stehen und wir unsere eigenen erst einmal hintenanstellen. Doch unsere Bedürfnisse sind auf jeden Fall gleichermaßen berechtigt, auch wenn wir sie öfter einmal auf einen späteren Zeitpunkt verschieben müssen. Dabei sollten sie aber nicht im Alltag des Hamsterrads vergessen werden: Die Spülmaschine muss noch ausgeräumt werden, die Briefe zur Post gebracht, die neuen Nachbarn eingeladen und das Gespräch mit den Kollegen vorbereitet werden. Es ist kein Wunder, dass manch einer abends erschöpft im Bett liegt und sich die Frage stellt, ob er nicht irgendwie zu kurz komme.

Grundsatz Nummer 1 ist: Sie und nur Sie selbst sind dafür verantwortlich, dass es Ihnen gut geht! Und nur wenn es Ihnen gut geht, können Sie mit vollen Kräften und voller Präsenz für Ihre Familie da sein. Es geht nicht darum, dass Sie Ihre Bedürfnisse immer direkt erfüllen. Es geht darum, dass Sie diesen aber Beachtung und Raum schenken.

Ihre Partner und Ihre Kinder, aber auch alle Mitmenschen in Ihrem weiteren Umfeld dürfen wissen, dass auch Sie nicht immer so funktionieren können, wie sie es sich wünschen. Ziel ist es, eine Balance zu finden zwischen dem, was Ihre Familie von Ihnen braucht und dem, was Sie selbst für sich brauchen. Das gelingt vor allem mit Achtsamkeit, Absprache und einem guten Zeitmanagement.

Fühlen Sie sich ausgeglichen, befreit und unbekümmert, sind Ihre Bedürfnisse mit großer Wahrscheinlichkeit erfüllt. Sind Ihre Bedürfnisse dagegen nicht erfüllt, fühlen Sie sich in irgendeiner Weise unwohl.

Sie fühlen sich angespannt, verärgert oder geladen. Vielleicht fühlen Sie sich auch niedergeschlagen, bedrückt, ausgelaugt oder verzweifelt. Es erfordert ein wenig Übung, den Bedürfnissen hinter Ihren Gefühlen auf die Spur zu kommen, aber es ist möglich.

Übung: Die eigenen Bedürfnisse identifizieren

Diese Übung wird Ihnen dabei helfen, die Bedürfnisse, die sich hinter Ihren Gefühlen verbergen, identifizieren zu können. Worum geht es Ihnen wirklich?

Beobachtung - Nehmen Sie die Situation oder den Auslöser, die in Ihnen unangenehme Gefühle auslöst. Was passt Ihnen gerade nicht?

> *z. B. „Meine Tochter rennt durch das Zimmer, anstatt sich ins Bett zu legen. Sie ist so anstrengend und laut."*

Gegenteil - Was wäre das Gegenteil der jetzigen Situation?

> *„Meine Tochter würde sich bereitwillig in ihr Bett legen. Ich hätte einen ruhigen Abend."*

Bedürfnis - Welches Bedürfnis steckt also dahinter?

> *„Ich brauche Ruhe und Erholung." (Das Bedürfnis nach Ruhe und Frieden.)*

Positive Selbstkommunikation

Wir Menschen sind in einem ständigen inneren Dialog mit uns selbst. Uns ist es wichtig, von Herzen beitragen und das Leben anderer bereichern zu können. Um uns zu vergewissern, dass wir uns möglichst richtig verhalten, haben wir die Angewohnheit, unser Verhalten und unsere Worte zu beäugen und zu bewerten. Wir erörtern, was wir gut und was wir falsch gemacht haben. Wir sagen uns, was wir zu tun haben, und was wir besser sein lassen sollten. Die Art und Weise, wie wir diesen inneren Dialog mit uns führen, hat auch Auswirkungen auf unseren Umgang mit anderen Menschen. Wie sprechen Sie mit sich selbst? Sprechen Sie ermutigend, wohlwollend und voller Mitgefühl? Oder sprechen Sie kritisch, verurteilend und verachtend mit sich selbst?

Friedvolle Kommunikation und Beziehungen fangen bei uns selbst an. Wenn wir uns dafür entscheiden, anderen Menschen mit einer inneren Haltung der Wertschätzung und der Empathie zu begegnen, so dürfen wir das auch uns selbst gegenüber tun. Seien Sie Ihre eigene beste Freundin oder Ihr eigener bester Freund! Machen Sie sich bewusst, dass kein Mensch auf dieser Erde perfekt ist. Alle Menschen machen Fehler. Wir tun und sagen Dinge, die andere verletzen oder den Umständen nicht gerecht werden. Wir missachten, was anderen wichtig ist oder erfüllen unsere eigenen Erwartungen nicht. Im Nachhinein ärgern wir uns über uns selbst. „Wie konnte ich nur?“, „Ich bin so dumm. Ich sollte besser aufpassen!“, „Ich hätte das besser nicht tun sollen!“ Wir schämen uns, fühlen uns schuldig und unzulänglich.

Wenn wir unser eigenes Verhalten verurteilen, implizieren wir damit, dass wir uns selbst als gut und richtig oder eben als schlecht und falsch ansehen. Das widerspricht jedoch dem Konzept der gewaltfreien Kommunikation. Verhält sich ein Mensch uns gegenüber richtig oder falsch, dann meinen wir eigentlich, dass er sich nicht in Übereinstimmung mit unseren Bedürfnissen verhält. Glauben wir von uns selbst, dass wir uns falsch verhalten haben, dann meinen wir damit eigentlich, dass wir uns nicht in Übereinstimmung mit unseren Bedürfnissen verhalten haben. Haben wir zum Beispiel unserem Partner gegenüber ein schlechtes Wort fallen lassen, weil wir genervt davon waren, dass er sich nicht an der Hausarbeit beteiligt, dann sind wir kein schlechter Mensch. Wir haben aber unser eigenes Bedürfnis nach gegenseitiger Wertschätzung missachtet und deshalb fühlen wir uns schuldig und unwohl.

Wenn uns also ein „Fehler“ unterläuft, haben wir zwei Wege, darauf zu reagieren. Entweder verurteilen wir uns mit Selbstkritik und handeln nun aus Schuldgefühlen, Scham und Selbsthass heraus. Oder wir sehen unser „fehlerhaftes Verhalten“ als Chance, um daraus zu lernen. Immerhin zeigt es uns, welche Bedürfnisse uns selbst wichtig sind und worauf wir in Zukunft noch besser achten können.

So zeigen wir uns selbst Mitgefühl: *„Ich habe die in dieser Situation bestmögliche Strategie für mich gewählt und das ist okay. Ich bedaure, wie ich mich verhalten habe und ich weiß jetzt besser, wie ich mich eigentlich gerne verhalten möchte."*

Üben Sie sich darin, sich selbst zu vergeben. Sagen Sie sich nicht, was Sie anders hätten tun sollen. Wie Sie zu sein haben oder müssen. Jegliche Erwartungen und Forderungen dieser Art hindern Sie daran, in Ihrer einfühlsamen Natur zu sein. Sie sind richtig, so wie Sie sind. Solange Sie an etwas nagen und daran festhalten, leben Sie in der Vergangenheit. Akzeptieren Sie die Situation, lassen Sie sie los und werden Sie frei, neu zu wählen. Richten Sie Ihren Fokus auf diese Weiterentwicklung. Welche Erkenntnisse nehmen Sie aus „problematischen" Situationen mit? In welche Richtung möchten Sie von nun an lieber gehen?

Besseres Stressmanagement durch mehr Achtsamkeit

Stress gehört zum Leben dazu. Ein gesundes Maß an Stress macht uns sogar leistungsfähiger, weil unsere Energien mobilisiert werden. Zu wenig Stress lässt uns dagegen lethargisch und unmotiviert werden. Entscheidend für das subjektive Empfinden „gestresst zu sein" ist vor allem, wie lange und stark der Stress anhält und wie gut wir in der

Lage sind, ihn zu bewältigen. Stress an sich ist auch nichts Neues. Die Fähigkeit von Mensch und Tier, auf plötzlich auftretende bedrohliche Situationen mit der Ausschüttung von Stresshormonen und einer Kampf- oder Flucht-Reaktion zu antworten, hat sie im Laufe der Evolution überleben lassen.

Auch wenn die Stressoren, die den Stress auslösen, heute anders aussehen als in der Vergangenheit, werden im Körper immer noch dieselben Mechanismen angekurbelt. Wir werden durch eine herausfordernde Situation dazu gezwungen, zu reagieren. Der Körper antwortet automatisch mit einer Anpassungsreaktion. Dafür sorgen Hormone und das vegetative Nervensystem.

So ziehen sich die Blutgefäße in der Haut und im Darm zusammen, während sich die Blutgefäße der Muskulatur weiten. Denn besser durchblutete Schultern, Arme und Beine bereiten auf einen möglichen Kampf oder eine Flucht vor. Der Blutdruck steigt an, die Pupillen weiten sich und die Atemfrequenz steigt. Auch unser Bewusstsein wird eingeschränkt. Unter Stress fällt es uns schwer, logisch zu denken, Entscheidungen zu treffen oder uns sozial zu verhalten. Können wir uns nicht mehr ausreichend von stressbedingten Weckreaktionen erholen, wird Stress chronisch. Im Stressmanagement geht es also vor allem um ein gesundes Gleichgewicht zwischen Anspannung und Entspannung.

Wie gelingt gutes Stressmanagement? Und wie kann Achtsamkeit Ihnen dabei helfen?

Für ein gutes Stressmanagement ist es wichtig, die Warnsignale für Stress rechtzeitig zu erkennen. In der Leistungsgesellschaft, in der wir leben, ist es normal geworden, Warnsignale zu ignorieren. Entweder nehmen wir die Signale gar nicht wahr oder wir leben mit ihnen, bis wir ausgebrannt sind.

Gelebte Achtsamkeit für uns und unseren Körper hilft uns, Warnsignale frühzeitig wahrzunehmen und für Entspannung zu sorgen. Um Warnsignale wahrnehmen zu können, müssen wir wissen, wie sich diese äußern. Sie äußern sich auf vier Ebenen: unserem Körper, unseren Gedanken, unseren Emotionen und in unserem Verhalten.

Wenn wir unter Kopf-, Rücken- oder Magenschmerzen, Schlafstörungen, Schwindel oder Herzrasen leiden, kann das ein Hinweis unseres Körpers sein, dass die Balance zwischen An- und Entspannung unausgeglichen ist. Der Stress schlägt uns förmlich auf den Magen. Haben wir ständig kreisende Gedanken, eine Leere im Kopf, Konzentrations- und Entscheidungsschwierigkeiten, sind wir vielleicht unbewusst gestresst. Auch wenn wir innerlich unruhig, gereizt, ausgelaugt, lustlos und ängstlich fühlen, können das emotionale Anzeichen für Stress sein. Warnsignale im Verhalten sind Kompensationsverhalten wie Alkoholkonsum oder häufigeres Rauchen, unregelmäßiges oder unkontrolliertes Essen und Zähneknirschen.[7]

Doch was stresst uns? Stressoren können entweder unserer Umwelt entspringen sowie auch den Vorstellungen und Gedanken in unserem Kopf. Das, was wir als stressig empfinden, ist individuell sehr verschieden. Im Allgemeinen ist es so, dass sich das Lebenstempo in den letzten Jahren für viele Gesellschaften beschleunigt hat. Wir werden von allen Seiten mit Informationen aus den Medien konfrontiert, wollen immer erreichbar sein und sind uns unserer Arbeitsplatzsicherung weniger sicher. Allein das kann bei vielen Menschen schon zu einer andauernden innerlichen Anspannung führen. Manchen Stress machen wir uns aber auch selbst und dieser lässt sich oftmals leichter vermeiden als gedacht.

Fühlen wir uns zum Beispiel immer wieder durch Zeit- und Termindruck im Alltag gestresst, hilft es schlichtweg vermehrt Grenzen zu setzen, Termine abzusagen oder um Hilfe und Unterstützung zu bitten. Dann sagen wir das Kinderturnen eben einmal ab, schieben eine Fertigpizza in den

---

[7] Dobos, G., Paul, A. (2011): Mind-Body-Medicine: Die moderne Ordnungstherapie in Theorie und Praxis. München: Urban & Fischer, Elsevier.

Ofen oder bitten unsere Nachbarn, den Fahrdienst zu übernehmen.

Vielleicht werden wir auch von unseren eigenen Gedanken gestresst. Denn unsere Gedanken haben einen ganz wesentlichen Einfluss darauf, wie wir uns fühlen. Stellen wir konstant zu hohe Erwartungen an uns selbst, sorgen uns davor, nicht mithalten zu können oder den Bedürfnissen aller gerecht zu werden, stresst uns das. Zu hohe Erwartungen, Perfektionismus und andere ungünstige Denkmuster können wir Schritt für Schritt umändern, indem wir ungünstige Gedanken entlarven und zu positiven Gedanken umformen.

Wir benutzen die unterschiedlichsten Techniken, um unsere innere Anspannung zu regulieren. Einige bevorzugen es, sich zu bewegen, unter Menschen zu gehen oder im Garten zu arbeiten.

Andere wiederum lenken sich mit Fernsehen oder Lesen ab, gehen in die Sauna oder gönnen sich ein Stückchen Schokolade. All das sind jedoch passive Entspannungsstrategien. Eine bewusste aktive Entspannung können Sie durch Atemübungen, Phantasiereisen, progressive Muskelentspannung und Achtsamkeitsübungen erreichen.

Aktive Entspannungsstrategien haben den wundervollen Vorteil, dass sie, vorausgesetzt sie werden über einen längeren Zeitraum praktiziert, die Stresswiderstandsfähigkeit nachhaltig stärken.

Schon eine tägliche Entspannung von 30 Minuten führt dazu, dass der Körper weniger auf Stresshormone anspricht. [8] Äußere Stressoren wie die Bahn, die zu spät kommt, das weinende Kind oder das volle E-Mail-Postfach können wir nur begrenzt kontrollieren. Andere Menschen haben ihr Eigenleben und manche Dinge geschehen einfach. Wir können aber kontrollieren, mit welchen Gedanken und Überzeugungen wir auf Ereignisse reagieren.

Übung: Meine inneren Stressoren

Diese Übung kann Ihnen dabei helfen, Ihre inneren Stressoren zu entdecken.

Führen Sie dafür über einen bestimmten Zeitraum, beispielsweise einer Woche, ein Stress-Tagebuch. In diesem notieren Sie, in welchen Momenten Ihres Alltags Sie sich gestresst gefühlt haben.

Außerdem notieren Sie, welche Gedanken Sie in diesem Moment hatten oder welche Überzeugungen dazu geführt haben, dass Sie sich gestresst gefühlt haben. Bewusstsein schafft Klarheit darüber, wie Sie den Stress in Zukunft vermeiden können.

---

[8] Hoffmann, J. W. et al. (1982): Reduced sympathetic nervous system responsivity associates with the relaxation response. Science, 215(4529), 190-192.

	Stresssituation	Gedanken/Überzeugungen	Lösung
1	Die Kinder haben geweint, das Nudelwasser ist übergekocht und der Postbote hat geklingelt.	„Ich kann mich nicht aufteilen, aber Ich möchte allen gerecht werden.“ „Warum läuft hier alles schief. Ich muss mich mehr anstrengen und perfekt sein.“	Ich muss nicht perfekt sein.
2	Ich habe erkannt, dass ich in zwei Wochen den Vortrag halten muss.	„Was werden die anderen über mich denken, Ich werde mich blamieren.“	Ich bin gut genug. Ich gebe mein Bestes.
3	...	...	

Bilder der eigenen Eltern – Warum wir Erziehen, wie wir Erziehen

Warum erziehen wir eigentlich, wie wir erziehen? Wovon wird unser Erziehungsverhalten geprägt?

Es ist richtig: Wir alle sind einzigartige Individuen. Wir haben eine eigene Persönlichkeit, leben unser eigenes Leben und sind längst der Abhängigkeit zu unseren Eltern entwachsen. Wir vertreten unsere eigenen Werte und Lebenseinstellungen und entwerfen unsere eigene Identität. Und doch sind wir keine unbeschriebenen Blätter. Das, was wir in unseren ersten Lebensjahren in unserer Herkunftsfamilie erlebt und erfahren haben, prägt auch jetzt noch unser Selbstbild, unsere Wahrnehmung und unser Verhalten. Als Kind waren wir von unseren Bezugspersonen abhängig. Die Erfahrung von Nähe und Distanz, mangelnde Erfüllung unserer Bedürfnisse und emotionale Verletzungen haben Spuren in uns hinterlassen. War die Mutter ängstlich, chronisch überfordert oder depressiv? War der Vater streng, unnahbar und vielleicht sogar handgreiflich? All das prägt, wie wir uns in der Welt zurechtfinden. Es beeinflusst, welche Bewältigungsstrategien wir selbst wählen, um für uns einzutreten und wie wir selbst mit Herausforderungen in der Erziehung unserer Kinder umgehen. So hat die eigene Kindheit auch einen Einfluss auf unser Elternsein.

Erklärt werden kann das auch durch Befunde aus der Hirnforschung. Wenn Menschen in ihrer frühen Kindheit anhaltenden Stress oder Traumata erleben, führt das zu nachhaltigen Veränderungen in der Gehirnentwicklung. [9] Es sind sogenannte „biologische Narben", die in unserem unbewussten Gedächtnis gespeichert werden.

Und auch wenn wir glauben, dass wir als Erwachsene bewusste Entscheidungen treffen, so laufen 90 % der Prozesse in unserem Gehirn unbewusst ab. Vieles von dem, was wir tun, steht im Zusammenhang mit unserer persönlichen Geschichte.

In der Psychologie sprechen wir von transgenerationalen Verstrickungen. Eltern haben selbst belastende Ereignisse erlebt und geben die körperlichen und seelischen Folgen an ihre Kinder weiter. Weitergegeben werden vor allem Folgen aus negativen Bindungserfahrungen, Traumata sowie Scham- und Schuldgefühle.

Wie können Sie sich das vorstellen? Nehmen Sie zum Beispiel an, eine Mutter hat in ihrer Kindheit ein Trauma erlitten. Mit Trauma ist nicht zwangsläufig ein drastisches Erlebnis gemeint, sondern eines, dass die subjektive Stressverarbeitung überflutet. Ein Erlebnis, das zu schnell, zu laut und zu viel ist. Fühlt sich ein Mensch nicht in der Lage,

---

[9] Wetting, J. (2006): Eltern-Bindung-Kindheit bestimmt das Leben. Deutsches Ärzteblatt-Ärztliche Mitteilungen-Ausgabe A, 103(36), 2298-2303.

die Situation mit geeigneten Strategien zu bewältigen, ist das Vertrauen in die Welt erschüttert.

Fehlt der Mutter nun als Erwachsene ein stabiles Urvertrauen, wird es ihr schwerfallen, ihren eigenen Kindern eine sichere und haltende Umgebung zu bieten. Wenn traumatisierte Eltern bewusst oder unbewusst noch stark unter emotionaler Instabilität, Ängsten oder Wahrnehmungsstörungen leiden, werden sie sich schwertun, ihren Kindern emotionale Nähe und Steuerung zu geben. Sie sind entweder viel zu sehr mit sich selbst beschäftigt oder reagieren impulsiv und unangemessen. So kann die Mutter ihr Kind zwar tröstend auf den Arm nehmen und streicheln, es aber mit Worten zurückweisen. Das Kind spürt das sehr genau und lernt: Mamas Verhalten ist widersprüchlich. Ich kann mich nicht entspannen und vertrauen. Das Urvertrauen des Kindes wird angekratzt und der Kreis schließt sich.

Gewaltfreie Kommunikation als effektive Selbstfürsorge

Selbstfürsorge ist Selbstachtung. Ich achte darauf, wie es mir gerade geht und was ich gerade brauche. Ich sorge dafür, dass meine Bedürfnisse erfüllt werden und ich mich gut fühle. Genau das lehrt uns die gewaltfreie Kommunikation - präsent zu sein, mir selbst gegenüber Empathie entgegenzubringen und Verantwortung zu übernehmen.

Dadurch, dass ich meine eigenen Bedürfnisse wahrnehmen und benennen kann, kann ich losgehen und mich um mich selbst kümmern. Wenn wir nicht gelernt haben, für uns selbst zu sorgen, geben wir die Verantwortung für unsere Situation schnell an andere ab. Wir glauben dann, dass es uns wegen des anderen schlecht geht. In Wahrheit können aber nur wir selbst unsere eigenen Gefühle erzeugen, indem wir mit bestimmten Gedanken und Verhaltensweisen auf eine Situation reagieren.

Beispielsweise könnte ich mich müde und ausgelaugt fühlen, weil ich die meisten Abende die Schlafbegleitung unserer Kinder übernehme. Vielleicht hege ich sogar ein wenig Groll und Neid, weil mein Mann derweil etwas für sich tun kann. Welche Bedürfnisse von mir sind unerfüllt? Ich sehne mich nach Erholung, Schlaf und Selbstbestimmung. Welche Strategien könnte ich anwenden, um diese Bedürfnisse zu erfüllen? In diesem Fall sollte ich Verantwortung für meine Bedürfnisse übernehmen und meinen Mann bitten, die Kinder ins Bett zu bringen. Wir könnten auch gemeinsam in unserem Wochenplan festlegen, wann jeder für sich einen „Erholungsabend" einplanen kann.

Wie Selbstfürsorge-Strategien aussehen, ist je nach Situation und Mensch individuell verschieden. Ich möchte Sie ermutigen, die Möglichkeiten und Wege, die Ihnen zur Verfügung stehen, auszukundschaften und auszuprobieren. Verankern Sie gelebte Selbstfürsorge in Ihrem Alltag. Stellen Sie sich immer wieder die Frage: Was kann ich konkret tun, um dieses Bedürfnis jetzt oder später zu erfüllen?

Die Realität ist, dass wir nicht immer eine Lösung wissen werden, wie wir ein bestimmtes Bedürfnis nähren können. In diesem Fall können wir aber zumindest mit dem unerfüllten Bedürfnis Frieden schließen, indem wir den Schmerz und die Sehnsucht bewusst fühlen. Wir können auch das Leben dazu einladen, uns Wege zu zeigen.

Selbstfürsorge heißt auch innere Arbeit. Wenn wir immer wieder mit denselben Themen in uns konfrontiert werden, sollten wir besonders achtsam sein. Es kann gut sein, dass wir im Hinblick auf diese inneren Konflikthemen emotionale Verletzungen in uns tragen, die wir noch nicht akzeptiert und integriert haben. In der gewaltfreien Kommunikation sprechen wir von Empathie-Lücken. Es fällt uns schwer, die Bedürfnisse hinter diesen Themen anzuerkennen und uns empathisch, um sie zu sorgen. Meist handelt es sich um unverarbeitete emotionale Erfahrungen aus der Kindheit oder unbewusste Glaubenssätze, von denen wir gesteuert werden, z. B. „Ich bin nur wertvoll, wenn ich etwas leiste.“. Und auch wenn wir uns weigern, uns damit auseinanderzusetzen, werden wir vom Leben immer wieder dazu herausgefordert, genau dort hinzugucken. Es sind die gleichen oder ähnliche Sätze oder Erlebnisse, die uns in unterschiedlichen Situationen triggern.

Stellen Sie sich zum Beispiel vor, dass Sie sich immer wieder unwohl und unsicher fühlen, wenn andere keine Zeit für Sie haben oder Sie den Satz hören: „Das ist mir jetzt zu viel." Sie fühlen sich abgelehnt, unzulänglich und fürchten, anderen auf die Nerven zu gehen. Sie hat keine Lust auf mich. Ich bin zu anstrengend. Statt sich auf das Verhalten der anderen zu fokussieren, hilft es, einen Blick in Ihr Inneres zu werfen. Worum geht es Ihnen hier eigentlich? Welches Bedürfnis haben Sie? Anscheinend fühlt sich ein innerer Anteil von Ihnen nicht ausreichend gesehen. Eventuell haben Sie in Ihrer Kindheit Situationen erlebt, in denen Ihr Bedürfnis nach Aufmerksamkeit und Zugehörigkeit nicht erfüllt worden sind. Das unangenehme Gefühl, das Sie damals als Kind wahrgenommen haben, tragen Sie auch heute noch in sich. Andere Menschen lösen es durch ihr Verhalten aus, sind aber nicht die Ursache - sie sind nur sogenannte Knopfdrücker. Die Lösung ist es, sich dem verletzten Anteil in Ihnen liebevoll zuzuwenden.

Übung: Selbstfürsorge-Strategien

Diese Übung kann Sie dabei unterstützen, mit unerfüllten Bedürfnissen umzugehen. Erinnern Sie sich an die neun Grundbedürfnisse (Bedürfnisse des physischen Lebens, Sicherheit/ Schutz,

Liebe/Zuneigung, Verständnis, Teilnahme/ Beitrag leisten, Erholung/Spiel, Kreativität, Identität/ Zugehörigkeit, Autonomie/Selbstbestimmung).

Überlegen Sie sich für jedes Bedürfnis mindestens fünf verschiedene Strategien, mit denen Sie das Bedürfnis erfüllen könnten. Was hat Ihnen vielleicht in der Vergangenheit dabei geholfen? Wo sind Ihre persönlichen Ressourcen? Lassen Sie Ihrer Kreativität freien Lauf.

Sie können diese Liste beim nächsten Mal, wenn Sie sich traurig, enttäuscht, unwohl oder verärgert fühlen, hervorholen und sich von Ihren eigenen Ressourcen inspirieren lassen.

Liebe/ Zuneigung/ Verbindung	• Mit mir selbst im Kontakt sein (Meditation, Yoga, Traumreise). • Liebe für das Leben entwickeln (Was begeistert mich?). • Eine Freundin/einen Freund anrufen. • Jemanden um Hilfe bitten/jemandem Hilfe anbieten. • Ein Geschenk für jemanden basteln. • Sich einer Freizeit-Gruppe/einem Treff anschließen.
Erholung/Spiel	...

Bonus

Warum professionalisiert GfK das pädagogische Handeln?

Kinder in Deutschland haben ein Recht auf gewaltfreie Erziehung. Körperliche und seelische Verletzungen, auch Formen der verbalen Gewalt, sind unzulässig. [10] Das gilt selbstverständlich auch für die außerhäusliche Betreuung und Bildung von Kindern. In pädagogischen Berufen kann das Konzept der gewaltfreien Kommunikation das pädagogische Handeln professionalisieren. Werden Lehrer/innen, Erzieher/innen und pädagogischen Fachkräften die Grundzüge der gewaltfreien Kommunikation nähergebracht, können sie auf Leitfäden und Muster zurückgreifen, die ihnen dabei helfen werden, mit herausfordernden Situationen gewaltfrei umzugehen.

Wir müssen Kindern nicht beibringen, zu lernen und sich zu entwickeln. Das können sie von selbst. Sie kommen mit einem natürlichen Wissensdurst auf die Welt. Unsere Aufgabe ist es, Umgebungen und Gelegenheiten zu schaffen, in denen sich Kinder Wissen, Fähigkeiten und Fertigkeiten

---

[10] § 1631 BGB Absatz 2.

aneignen können. Außerdem soll jedes Kind in seiner Selbstkompetenz gestärkt werden. Weil Kinder und Jugendliche heute immer mehr Zeit in der Kita und der Schule verbringen, nehmen diese als Lern- und Lebensraum eine immer bedeutsamere Rolle ein. Für Kinder sind die Beziehungen, die sie außerhalb von zu Hause eingehen, wertvoll und fruchtbar. Sie lernen andere Werte kennen als zu Hause und können sich darin üben, gegenüber anderen Menschen als Mama und Papa für sich einzustehen. Kinder machen in diesen Lebensräumen auch neue Erfahrungen über die Auswirkungen ihrer Handlungen, über Anerkennung und Ablehnung und ihr Bestehen oder Nichtbestehen in Gruppen. Das Selbstbild, das sie in der Familie entwickelt haben, wird neu gedacht. Umso wichtiger ist es, dass diese Lebensräume einladend, vertrauensvoll und bestärkend sind.

In einer künstlich geschaffenen Lernumgebung wie der Schule kommen die Bedürfnisse einzelner Kinder jedoch manchmal zu kurz. Bemühen sich die Erzieher/innen und Lehrer/innen dagegen, Verbindungen auf Augenhöhe einzugehen, wird nicht nur das Vertrauen der Kinder in die Lehrkräfte gestärkt, sondern auch die Chance erhöht, dass sie in ihrer Individualität gesehen und in ihrer individuellen Entwicklung gefördert werden. Besteht ein lebendiger Austausch zwischen Kind und Lehrperson, wird mit höherer Wahrscheinlichkeit aufgedeckt, warum ein Kind die Lust am Lernen verliert, sich entmutigt fühlt oder keinen Sinn mehr sieht. Dahinter können sich öfter unerfüllte Bedürfnisse des Kindes verbergen.

Welche Rolle spielt die Haltung der gewaltfreien Kommunikation im pädagogischen Kontext? Erzieher/innen und Lehrer/innen können durch die Art ihrer Kommunikation und ihren Umgangsformen wesentlich zu einem wertschätzenden und bestärkenden Klima beitragen. Kommuniziere ich, um zu belehren, zu bevormunden und zu fordern? Oder kommuniziere ich, um eine Verbindung aufzubauen? Und um zu verstehen, worum es dir wirklich geht und auszudrücken, worum es mir wirklich geht?

Achtung Minenfeld – Eltern-Gespräche meistern mit GfK

Erzieher/innen und Lehrer/innen sind in vielfacher Hinsicht gefordert. Sie stehen in der Verantwortung, Erwartungen von seitens der Schule, des Bildungsplanes und auch der Eltern zu erfüllen. Elterngespräche sind ein wichtiges Mittel, um im Austausch mit den Eltern zu bleiben, stellen pädagogische Fachkräfte aber auch vor die Herausforderung, etwaige Probleme oder Konflikte anzusprechen. Dass sich dabei nicht immer alle einig sind, versteht sich von selbst. Wie formulieren Sie Ihr Anliegen und Ihre Perspektive möglichst verständlich? Wie gehen Sie damit um, wenn die Eltern ihren Unmut an Ihnen auslassen?

Mit Hilfe der vier Schritte der gewaltfreien Kommunikation können Sie Elterngespräche aus einer professionellen Haltung heraus und mit mehr Selbstvertrauen meistern. Mehr noch: Sie werden erkennen, dass Sie in den meisten Fällen die Bedürfnisse der Eltern teilen, nämlich das Wohlergehen und die altersgerechte Entwicklung des Kindes. Diese Gemeinsamkeit ist der Boden für gegenseitiges Verständnis und eine erfolgreiche Lösungsfindung. Wichtig ist, dass in Elterngesprächen immer das Sachverhaltsproblem im Vordergrund steht. Konfliktinhalte werden angesprochen, aber Schuldzuweisungen und Bewertungen jeglicher Form unbedingt vermieden.

Gewaltfreie Kommunikation in Elterngesprächen Schritt für Schritt

Beobachtung: Zu Beginn des Elterngespräches sollte die Intention für das Gespräch und der Ausgangspunkt für beide Seiten verständlich gemacht werden. Was haben Sie als Fachkraft beobachtet? Liegen schlechte oder unbefriedigende Noten vor? Werden die Hausaufgaben nur unregelmäßig gemach? Beteiligt sich das Kind nur ungenügend am Unterricht? Verhält sich das Kind unangemessen und gewaltvoll? Formulieren Sie Ihre Beobachtungen möglichst präzise und objektiv.

Beispiel: *„Mir ist aufgefallen, dass Ihre Tochter innerhalb der letzten zwei Wochen zweimal im Unterricht eingeschlafen ist. Sie wirkte sehr müde und unkonzentriert.“*

Gefühle: Bringen Sie im Gespräch auch Ihre Gefühle zum Ausdruck. Geben Sie ruhig zu, wenn Sie enttäuscht von sich selbst sind, dass all Ihre Bemühungen und Versuche, das Kind zu motivieren, nicht gelungen sind. Sie dürfen auch besorgt, überfordert und fraglos sein.

Beispiel: *„Ich bin besorgt (Gefühl), weil ich den Wunsch habe, Wissen weiterzugeben (Bedürfnis). Ich sorge mich darum, dass ich das bei ihrer Tochter nicht kann.“*

Bedürfnis: Stellen Sie ganz klar, dass es Ihnen vor allem um das Wohlergehen Ihres Schülers/Ihrer Schülerin geht.

Beispiel: *„Worum es mir vor allem geht ist, dass es Ihrer Tochter/Ihrem Sohn in der Schule gut geht.“*

Bitte: Bitten Sie auch die Eltern, Beobachtungen und Erfahrungen von zu Hause zu schildern. Welche Lösungsversuche wurden bisher unternommen? Wie fühlen sie sich mit dem, was Sie gesagt haben?

Hören Sie aufmerksam zu und nehmen Sie auch die Gefühle und Gedanken der Eltern empathisch wahr. Es kann gut sein, dass sich Eltern bei der Ansprache von Problemen oft angegriffen fühlen und in eine Abwehrhaltung gehen. Sie möchten das Gefühl abstreiten, dass sie womöglich als Eltern versagt haben.

Hierbei ist es wichtig, mit Mitgefühl auf die Abwehr zu reagieren. Haben Sie auch ein Auge darauf, was den Eltern gut gelingt. Sprechen Sie im Gespräch generell häufiger positiv als negativ. Ziel ist es, die Problemsicht zu erweitern. Vielleicht erkennen Sie, dass das Problem weitreichender ist und mit anderen Problemen oder Beteiligten zusammenhängt. Vielleicht fehlt es den Eltern an geeigneten Unterstützungsmaßnahmen? Vielleicht ist das Kind gerade mit einer belastenden Situation in der Familie konfrontiert? Stellen Sie dar, dass Sie die Eltern für eine Zusammenarbeit gewinnen und gemeinsam nach Ressourcen suchen wollen.

Wie kann ich mit Gfk mehr Fürsorge betreiben?

Fürsorge bedeutet, sich selbst Aufmerksamkeit zu schenken. Ich verbinde mich mit mir selbst, um Klarheit darüber zu gewinnen, was in mir lebendig ist. Nur so kann ich wahrnehmen, was mir gerade wichtig ist und was ich brauche. Habe ich diese

Klarheit, kann ich auch anderen gegenüber wirklich präsent sein.

Der Berufsalltag von Erzieher/innen und Lehrer/innen ist erfüllend – aber auch anstrengend. Ein hoher Stress- und Lärmpegel, verhaltensauffällige Kinder und Anforderungen der Bildungspolitik setzen Fachkräfte unter Druck. Gefühle wie innerliche Anspannung, Erschöpfung, Ohnmacht, Angst und Ärger sind keine Seltenheit. Wenn Sie solche Gefühle in sich aufkommen spüren, bleiben Sie liebevoll und mitfühlend mit sich selbst. Sie müssen weder perfekt sein, noch muss auf Anhieb alles funktionieren. Sie sind nicht „nur" Erzieher oder Lehrer, sondern immer noch auch ein Mensch.

Gehen Sie als Beispiel voran und zeigen Sie Ihren Schülern, wie Selbstempathie gelebt werden kann. Es entsteht ein positiver Kreislauf: Wenn Erzieher/innen und Lehrer/innen ihren eigenen Bedürfnissen und Anliegen respektvolle Beachtung schenken, werden sie auch die ihrer Schüler erkennen. Die Schüler lernen dadurch, auch untereinander den gegenseitigen Anliegen und Bedürfnissen respektvoll Beachtung zu schenken. Das Lernklima wird kooperativer und einfühlsamer. Das Wohlergehen der Erzieher/innen und Lehrer/innen wird verbessert.

Nehmen Sie bewusst wahr, wenn Sie den Impuls haben, die Schuld oder den Fehler bei einem anderen zu suchen und diesen zu verurteilen. Bleiben Sie in der Verbindung mit Ihrem Herzen. Es nützt Ihnen selbst nichts, sich mit Ihrem Ärger nach außen zu richten, wenn es eigentlich um ein unerfülltes Bedürfnis in Ihrem Inneren geht. Fragen Sie sich stattdessen, in welches Bedürfnis Ihr Ärger, Ihre Ohnmacht oder Ihre Angst übersetzt werden können. Was fehlt Ihnen, damit Sie sich jetzt gut fühlen? Formulieren Sie danach eine Bitte an sich selbst oder an andere.

Beispiel

Frau Sommer ist im Deutschunterricht in der sechsten Stunde. Die Schüler sind unkonzentriert. Marvin kippelt mit seinem Stuhl. Frau Sommer bittet ihn, damit aufzuhören. Marvin hört sie nicht und fängt an, mit seinem Tischnachbarn zu reden. Frau Sommer spürt in sich hinein. Sie ist genervt und erschöpft (Gefühl). In ihr steigen sofort ungünstige und bewertende Gedanken auf: „Muss das jetzt sein? Kann er nicht einmal stillsitzen? Was ist das nur für ein unruhiges Kind?“ (Gedanken). Sie hält inne und atmet kurz durch. Sie reflektiert: „Wieso bin ich jetzt sauer und ungeduldig? Welches Bedürfnis habe ich gerade?“. Ihr wird klar: Sie möchte das Gefühl haben, selbstwirksam zu sein. Außerdem sehnt sie sich nach Ruhe und Erholung (Bedürfnis). Was kann sie nun für sich tun?

Weil sie gerade im Unterricht eingebunden ist, bleibt ihr die Möglichkeit, sich gut zuzusprechen. Sie sagt in Gedanken zu sich selbst: „Ich weiß, wie müde du bist. Ich verstehe, dass du jetzt lieber eine ruhige Stunde hättest." Weil sie sich selbst Mitgefühl gezeigt hat, kann sie sich nun völlig präsent ihrem Schüler zuwenden. Sie spricht nun ein wenig deutlicher: „Marvin, könntest du bitte aufhören zu kippeln und zu reden. (Bitte) Ich brauche eure Aufmerksamkeit, um zu unterrichten."

Tipps und Tricks im Schulalltag

Erinnern Sie sich morgens an Ihre eigenen Absichten

Nehmen Sie sich morgens einen Moment Zeit und versetzen Sie sich vor dem Alltag in Kita und Schule in ein Denken, Fühlen, Zuhören und Sprechen der Verbindung und Empathie. Was möchten Sie mit in Ihren Tag nehmen? Möchten Sie einen Unterricht gestalten, in dessen Zentrum die Beziehungen stehen? Möchten Sie offen sein für das, was in Ihren Schülern wirklich vorgeht? Möchten Sie sich mit Ihren Gefühlen und Bedürfnissen verbinden? Oder möchten Sie, dass der Tag nach Ihren Vorstellungen und Erwartungen ablaufen wird?

Sehen Sie die Geschenke, die ein Kind mitbringt. Kinder, denen es schwerfällt, im Unterricht ausschließlich zu „funktionieren" zeigen damit, dass sie menschlich sind. Sie versuchen damit nur ihre eigenen Gedanken, Gefühle, Bedürfnisse, Interessen, Neigungen, Talente und Ideen einzubringen. Sehen Sie dies als Geschenke, die das Kind mitbringt. Anstatt zu fordern, wie ein Kind zu sein hat, können Sie mit Neugier, Respekt und den Techniken der gewaltfreien Kommunikation herausfinden, warum es tut, was es tut. Das wird auch Ihre Wahrnehmung erweitern.

Beziehen Sie die Kinder so viel wie möglich ein

Das Miteinander in der Kita und im Unterricht lebt von Beziehungen. Und Beziehung meint auch „Ich beziehe mich auf dich." und „Ich beziehe dich mit ein.". Handeln Sie gemeinsam mit Ihren Schülern, denn gemeinsam ist man stärker. Heißt das, dass Sie sich nun von Ihren Schülern lenken lassen sollen?

Nein. Es heißt vielmehr, dass Sie einen Blick darauf haben, dass die Bedürfnisse eines Einzelnen, aber auch der Gruppe, erfüllt werden. Zeigen Sie den Kindern, dass das am besten gelingt, wenn alle zusammenarbeiten und jeder einen Blick auf seinen linken und rechten Nachbarn hat. Führen Sie zum Beispiel ein Klassenmotto ein, das diese Haltung vertritt: „Es geht um mich, es geht um dich. Wie geht es mir, wie geht es dir?"

Geben Sie Kindern auch Wahlmöglichkeiten und Raum, ihre Anregungen und Ideen zu äußern. Kinder lieben das. Sie wollen mitdenken, mitgestalten und selbstwirksam sein. Stellen Sie Fragen, die den Austausch fördern: „Wie möchtet ihr zusammenleben und lernen?“, „Wie betrifft euch das, was gerade in der Welt passiert?“, „Was möchtet ihr nach dieser Einheit wissen und können?“, „Wie möchtet ihr das nächste Thema bearbeiten?“, „Wie können wir den Konflikt lösen?“

Hören Sie ein „Nein“ mit Neugier und Empathie

Wenn ein Kind auf Ihre Bitte mit einem „Nein“ antwortet oder es durch sein Verhalten ausdrückt, kann das in uns den Impuls auslösen, tadeln und bestrafen zu wollen. Wir haben möglicherweise das Gefühl, dass das „Nein“ gegen uns gerichtet ist: „Es schätzt mich und mein Anliegen nicht wert.“ Versuchen Sie stattdessen, auf ein „Nein“ mit Neugier und Empathie zu reagieren. Was lebt gerade in dem Kind? Was bringt das Kind dazu, zu verneinen? Was ist ihm gerade wichtiger, als auf Ihre Bitte mit einem „Ja“ zu antworten?

Bleiben Sie mit dem Kind in Verbindung und im Gespräch. Fragen Sie gezielt nach, was das Kind braucht, um „Ja“ sagen zu können. Vielleicht entdecken Sie so sogar unerfüllte Bedürfnisse des Kindes, von denen Sie vorher nicht wussten: „Fällt es dir schwer, im Unterricht leise zu sein und mir zu folgen, weil du dich lieber austauschen und spielen möchtest?". Antwortet das Kind mit einem Ja, könnten Sie nachhaken: „Hast du das Gefühl, dass du zu wenig spielen darfst und nicht genug Zeit hast, um mit anderen zu sprechen?" Antwortet das Kind abermals mit Ja, werden Sie im Laufe des Gesprächs vielleicht herausfinden, dass es zu Hause nicht genügend Raum für Spiel, Erholung und Kontakt zu Gleichaltrigen bekommt.

Basteln Sie eine Bedürfnis-Collage

Um sich selbst, aber auch den Schülern den Umgang mit Bedürfnissen einfacher und spielerischer zu machen, können Sie eine Bedürfnis-Collage basteln. Wählen Sie die Bedürfnisse aus, von denen Sie persönlich glauben, dass diese für ein wohlwollendes Miteinander wichtig sind. Sie können auch alle neun Grundbedürfnisse auswählen. Schreiben Sie das Bedürfnis, z. B. Wertschätzung, mit großen Buchstaben auf Papierkarton. Suchen Sie gemeinsam mit den Kindern Bilder aus Zeitschriften, die zeigen, wenn das Bedürfnis nach Wertschätzung erfüllt ist. Wenn ein Kind von unangenehmen Gefühlen geplagt wird, können Sie gemeinsam die Collagen durchgehen. Was glaubst du, was fehlt dir gerade? Was können wir gemeinsam tun, damit es dir besser geht?

Schluss

Falls Sie sich mit diesem Buch zum ersten Mal mit der Technik des gewaltfreien Kommunizierens vertraut gemacht haben, fühlen Sie sich vielleicht erschlagen von der Fülle an Informationen, die Sie bekommen haben: *„Wo soll ich anfangen? Was, wenn ich doch wieder schimpfe?"*

Keine Sorge. Es geht nicht darum, Definitionen auswendig zu lernen und in vier Schritten zu sprechen. Auch geht es nicht darum, eine perfekte Mutter oder ein perfekter Vater zu werden, die sich von keiner Situation mehr aus der Ruhe bringen lassen werden. Die Vorstellung, dass wir durch eine Kommunikationsmethode zu friedliebenden Gutmenschen werden, führt uns am Ziel vorbei.

Vielmehr geht es darum, uns die Freiheit einzugestehen, vollkommen menschlich und mitfühlend zu sein. Mit dieser inneren Einstellung können irgendwann Gefühle und Bedürfnisse spontan und authentisch zum Ausdruck gebracht werden: „Ich erlaube mir meine Gefühle und Bedürfnisse und ich erlaube dir deine Gefühle und Bedürfnisse." Es ist nämlich ein Missverständnis, dass in der gewaltfreien Kommunikation nur noch lieb und verständnisvoll miteinander gesprochen wird. Im Gegenteil: Gefühle wie Ärger, Enttäuschung, Wut und

Trauer dürfen genauso ausgedrückt werden wie Freude, Ausgelassenheit und Glück.

Die gewaltfreie Kommunikation kostet anfangs ein wenig mehr Zeit als unser gewohnter Sprachstil. Letzten Endes schenkt sie uns aber die Zeit, die wir sonst eventuell in Streitigkeiten und Konflikten vergeudet hätten. Denn wir entdecken, dass wir uns oftmals nur um Lösungsstrategien streiten, aber im Grunde dieselben Bedürfnisse haben. Nicht zuletzt schenkt sie uns wahre und echte Verbindungen. Wir machen uns berührbar.

Auch nach jahrelanger Praxis des gewaltfreien Kommunizierens werden wir weiterhin Fehler machen, andere Menschen verletzen und unsere Kinder nicht mit der Präsenz und Empathie begegnen, die sie verdient haben. Das ist in Ordnung, solange wir jeden Tag versuchen, unser Bestes zu geben. Wir können unsere Worte und Taten bedauern und uns immer wieder in die Haltung der Empathie begeben. Das ist mehr als genug. Rosenberg selbst sagte: „Das Ziel im Leben ist, all unser Lachen zu lachen und all unsere Tränen zu weinen. Was auch immer sich uns offenbart, es ist das Leben, das sich darin zeigt und es ist immer ein Geschenk, sich damit zu verbinden."

Haftungsausschluss

Die Umsetzung aller enthaltenen Informationen, Anleitungen und Strategien dieses Werkes erfolgt auf eigenes Risiko. Für etwaige Schäden jeglicher Art kann der Autor aus keinem Rechtsgrund eine Haftung übernehmen. Für Schäden materieller oder ideeller Art, die durch die Nutzung oder Nichtnutzung der Informationen bzw. durch die Nutzung fehlerhafter und/oder unvollständiger Informationen verursacht wurden, sind Haftungsansprüche gegen den Autor grundsätzlich ausgeschlossen. Ausgeschlossen sind daher auch jegliche Rechts- und Schadensersatzansprüche. Dieses Werk wurde mit größter Sorgfalt nach bestem Wissen und Gewissen erarbeitet und niedergeschrieben. Für die Aktualität, Vollständigkeit und Qualität der Informationen übernimmt der Autor jedoch keinerlei Gewähr. Auch können Druckfehler und Falschinformationen nicht vollständig ausgeschlossen werden. Für fehlerhafte Angaben vom Autor kann keine juristische Verantwortung sowie Haftung in irgendeiner Form übernommen werden.

Urheberrecht

Impressum

Erziehen ohne Schimpfen und Schreien:

Das pädagogisch wertvolle Buch über harmonische und gewaltfreie Kommunikation mit Kindern

ISBN: 978-3-9822779-0-5

1. Auflage

Pappas Brothers UG (haftungsbeschränkt)
Kirchenstr. 5
22767 Hamburg
Geschäftsführer: Ioannis Papadopoulos

Registergericht: Amtsgericht Hamburg

Registernummer: HRB 163442

Ust-IdNr. nach §27a UstG: DE333438828

Kontakt: (0049) 0176 609 85 901

support@pappasbrothers.de

Printed in Poland
by Amazon Fulfillment
Poland Sp. z o.o., Wrocław

24611203R00087